O PESO DO PÁSSARO MORTO

ALINE BEI

O peso do pássaro morto

Posfácio
Marcelino Freire

Copyright © 2025 by Aline Bei

Grafia atualizada segundo o Acordo Ortográfico da Língua Portuguesa de 1990, que entrou em vigor no Brasil em 2009.

Capa
Julia Masagão

Imagem de capa
Louise Bourgeois, *The Insomnia Drawings*, 1994-5 (detalhe), uma das 220 obras em técnica mista sobre papel, com dimensões variadas.
© The Easton Foundation/ AUTVIS, Brasil, 2025.
Foto: Christopher Burke © The Easton Foundation

Preparação
Cristina Yamazaki

Revisão
Marise Leal
Ingrid Romão

Os personagens e as situações desta obra são reais apenas no universo da ficção; não se referem a pessoas e fatos concretos, e não emitem opinião sobre eles.

Dados Internacionais de Catalogação na Publicação (CIP)
(Câmara Brasileira do Livro, SP, Brasil)

Bei, Aline, 1987-
O peso do pássaro morto / Aline Bei ; posfácio Marcelino Freire. — 1ª ed. — São Paulo : Companhia das Letras, 2025.

ISBN 978-85-359-4130-2

1. Romance brasileiro I. Freire, Marcelino. II. Título.

25-264086   CDD-B869.3

Índice para catálogo sistemático:
1. Romances : Literatura brasileira   B869.3

Cibele Maria Dias – Bibliotecária – CRB-8/9427

Todos os direitos desta edição reservados à
EDITORA SCHWARCZ S.A.
Rua Bandeira Paulista, 702, cj. 32
04532-002 — São Paulo — SP
Telefone: (11) 3707-3500
www.companhiadasletras.com.br
www.blogdacompanhia.com.br
facebook.com/companhiadasletras
instagram.com/companhiadasletras
x.com/cialetras

ao canário que,
Assustado em caber na palma,
morreu na minha mão.

*Un pájaro de papel en el pecho
dice que el tiempo de los besos no
ha llegado.*

Vicente Aleixandre

AOS **8**

seu Luís é um velho sabido com cheiro de grama.

      acho que o desodorante dele

é verde

e o corpo deve ter uns 100 anos de tanta ruga

na pele toda, um homem

tartaruga.

a casa que ele mora

parece uma toca

tem muita árvore antes de começar pela

Sala

com sofá

cinza e um eterno presépio

que fica o ano inteiro na mesa de centro

com o menino jesus fora

da manjedoura.

quando o seu Luís não está olhando

eu coloco o jesusinho na

cama, coitado,

e depois de dias, quando eu volto,

sempre de mão dada com a minha

mãe,

o jesus está fora da cama

mais uma vez.

aí eu fiquei religiosa,

achando o deusinho um menino teimoso.

seu Luís

é benze Dor.

quando eu estou com dor de garganta, e eu estou
 sempre com dor de garganta,

em vez de médico, minha mãe me leva no

seu luís.

fico tensa antes

e toda vez,

porque acho aquela casa com muito cheiro de mato,
 a tv ligada num canal que

ninguém assiste.

na hora de benzer é reza de índio,

a voz do seu luís fica

Grave

parece que tem um cacique dentro dele

cantando pra eu

Sarar. minha mãe pede *fecha o olho*,

finjo que fecho

mas ainda vejo

um pingo do chão, a ponta do pé

na dança

da cura. dá um pouco de medo

misturado com vontade de

rir, mas a bênção

funciona.

depois de uns três dias minha garganta Para de doer

    pra sempre até a próxima

dor.

seu luís

é marido da dona Rosa. ela está sempre de vestido

e faz o melhor pudim pra minha boca, a colher até

    bate no dente de tanto que eu chupo pra

    roubar todo o gosto daquele doce, seu luís

    fica me olhando. nem de noite ele tira os

    óculos escuros. gosto quando ele me mede na

    parede

pra saber se eu cresci desde a última vez que nos vimos.

quase sempre eu cresci,

todas as crianças são assim

tirando as que passam

Fome, eu vi na televisão

que precisa de leite e carne pra pele da gente

virar adulta.

na volta pra casa minha mãe me dizia:

— *seu luís é um homem de*
deus.

da minha janela dava pra ver
a casa dele,
eu espiava de vidro aberto quando não sentia vontade
    de dormir.
ele ficava sem pressa
regando as plantas, perfumando a rua
com água de
mangueira.
depois sentava na cadeira de balanço
e fumava palha no meio da noite
1 passarinho cantando sua música de céu
escuro como eram
meus olhos de tanto eu não dormir ou
só dormir já no fim da noite,
começo da manhã, quase hora
de acordar.
eu queria tanto entender
as coisas no colégio, ficava com a cabeça cheia de
    matemática, mas era só
olhar
seu luís Fazendo

que eu me sentia mais tranquila

quanto a essa história de entender.

eu gosto do deusinho teimoso que não para na

    cama porque eu também

sou assim.

+

acordei num Salto com minha mãe chamando

— *vamos.*

eu tinha prova
logo na primeira aula, no café da manhã eu sabia
    mais de sono do que de
matemática, meu pai testou como eu estava
fazendo perguntas
diretamente do livro, já um pouco estragado, de tanto
    ser aberto e
fechado além de
esquecido no chão do banheiro. eu não soube
    responder pergunta nenhuma, queria comer
    sucrilhos eternamente e usar óculos escuros
    igual ao seu luís. cheguei a pedir 1 óculos pra
    minha mãe, que disse preferir olhar nos meus
    olhos quando estávamos conversando.
tudo bem.
eu vou fazer um óculos de bolacha maria assim que
    acabar

a semana
de prova.
minha rotina no colégio
era a pior parte do meu dia. eu tenho
muito medo de borboleta e minha escola cheia de
    verde
era cheia de asa
também. eu tinha 1 amiga que
imitava borboleta pra mim, pra me provar que não
    era tão terrível estar perto de uma.
a imitação ficava muito boa. tão Boa que, às vezes,
    eu sentia medo da minha amiga chamada
Carla, mas
passava
assim que acabava a
brincadeira.
contei pra ela sobre o seu luís,
a carla não sabia o que era
benzedeiro.

— *é uma pessoa*
que arruma qualquer coisa dentro da gente sem precisar
    abrir com faca.

ela ficou curiosíssima, porque eu disse isso

D e v a g a r.

prometi que a levaria na casa dele pra ela ficar boa,
 mas Antes
ela tinha que pegar uma gripe ou qualquer coisa
assim.
ela me disse que ia tentar, mas a carla tinha
uma saúde
de aço ou a mãe dela colocava um saco
invisível nela, protetor de doença e machucado.
nunca ouvi a carla tossir.
ela nunca deu choro de ralar joelho, pelo menos um
 roxo, Nada, Carla
a menina Intacta.
fora a inteligência
dela que me explicava
divisão durante o intervalo fazendo assim:

— *2 sanduíches*
para 2 meninas
é = a
1 sanduíche para cada menina e

0 fome.

falando desse jeito e depois comendo
o lanche eu entendia
Tudo, pensava
que moleza,
!,
mas na hora que a Prova me olhava nos olhos,
minha barriga
virava gelo e a cabeça
um Choro
parecido com aquele que rádio faz quando o carro
    está chegando na Paulista.
numa tarde de pudim perguntei pro seu luís por
    que rádio chora só nessa rua comprida.

— não é choro, é
chiado. o rádio chia porque a casa dele está perto. é o jeito
    dele de dizer que está perto, uma espécie de
Reconhecimento.

(fiquei com cara de nuvem. seu luís
tirou os óculos.
Nunca tinha visto

uma fundura de olho assim pequenininho cor de
     pedra
lá dentro da testa
com água de meleca nos cantos virando
o canto
mais Triste que já ouvi. perguntei pra minha mãe por
     que tanto olho no fundo do seu luís. ela disse que
     era segredo, me contaria se eu jurasse.
jurei e ela soprou no meu ouvido:
é catarata,
a pessoa vai deixando de ver o mundo.
mas se ele benze
tudo
por que não benzer o olho morto pra voltar normal?
será que ele prefere não ver?
imaginar o mundo
deve ser mais bonito mesmo.

seu luís seguiu me explicando.)

— *por exemplo. quando tua mãe vai te buscar na escola, você*
     não dá um Abraço nela?
— *sim.*
— *pois então. o rádio chiando é jeito dele abraçar a mãe,*
     que mora na paulista.

— *mas então o rádio não mora no rádio?*
— *onde o rádio acontece de verdade não é dentro do carro.*
  aquele aparelho é só uma reprodução do que acontece
  num estúdio e muitos ficam em prédios
na paulista.

uau.
a rua paulista
tão Reta
parecendo um rio de ferro onde dá pra ver até o fim
carro moto
carro gente
gente moto era na verdade a Mãe
dos rádios, que maravilha.
a carla
também achou a Paulista a melhor mãe do mundo,
  pelo que eu contei.

— *um dia te levo lá,*
na Paulista não tem borboleta, seu luís falou que borboleta
  morre
de medo
de prédio, gosta só de
árvore. seu luís sabe
todos os segredos das árvores,

eu acho que é porque ele usa desodorante verde, que eu
    nunca vi no mercado
dessa cor,
só quem benze é que deve poder usar.

no nosso pátio de escola
a maioria das árvores era:

— *Pinheiro.*

a professora de ciências mostrou no livro e depois
pela escola, na fotografia
pinheiro tinha cheiro
de papel e tinta.
no pátio
eu brincava de esconde-
-esconde com a
Carla, contava até 30 e usava sempre o mesmo
    Pinheiro pra apoiar o braço,
eu não roubava nadinha, e a carla
se escondia tão Sumida que
às vezes
batia o sino fim de recreio comigo sem achar
a minha amiga,

eu procurava tão

atenta, e a Carla em lugar

nenhum, de repente

ela Aparecia,

de repente ela estava dentro do armário de limpeza,

encolhida no meio

da grama, rindo com a mão na boca

encostada na estante

da biblioteca,

eu dava um grito de:

— *Achei!*

a velha com crachá e coque atrás do balcão fazia

XIU tão

Brava,

a gente fugia

de lá pra se esconder

de novo, eu contava

de novo

até 30

e a carla um fantasma

nada dela em nenhuma escada,

nem na lanchonete, nem na quadra e de repente ela

   me dava um

       S U S T O

atrás da porta do banheiro quando eu

ia fazer xixi já tão

desistida, me chamava de:

— *Lenta.*

e corria

se escondendo de mim no laboratório,

na pedrona

do pátio que a professora de história

chamava de:

— *machu picchu.*

na portaria do colégio,

eu atrás

procurando os

rastros

e de repente

ela Morreu,

o diretor vestindo preto
bateu na porta da minha
sala dizendo:

— *Carla*
está morta.

sua voz um Piano caindo em mim.

as professoras todas
choraram muito,
apoiaram a cabeça na mesa aos litros.
a carla tinha tirado 9
na prova
de matemática e
não soube.
a escola inteira
chorou, inclusive o banheiro. estourou um cano
    e disseram que era vazamento mas
pra mim
aquilo era a parede chorando. a carla ia muito
ao banheiro, molhava na pia o cabelo pra fazer a

borboleta e quando vamos muito aos lugares

eles começam a gostar da

gente a ponto de sentir saudade se ficarmos um

tempo

sem aparecer.

a carla morreu

e eu não sabia exatamente o que isso significava.

perguntei como,

os adultos fizeram

silêncio.

ouvi só a dona márcia secretária dizendo no corredor

pra professora de ciências

que o cachorro

do vizinho

era um Tigre.

pensei que a carla voltaria quando cansasse de

morrer

e imitaria as borboletas no pátio pro meu medo

passar.

Fiquei esperando.

na escola

em casa

na cozinha

perguntei pra minha mãe:

— *o que é morrer?*

ela estava fritando bife pro almoço.

— *o bife*
é morrer, porque morrer é não poder mais escolher o que
    farão com a sua carne.
quando estamos vivos, muitas vezes também não escolhemos.
mas tentamos.

almoçamos a morte e foi calado.
enquanto minha mãe lavava louça fui até a casa
    do seu luís às escondidas, mas não exatamente,
acho que minha mãe ouviu
a porta batendo e que era eu
saindo com os meus 8 anos atravessando a rua
    olhando
pros 2 lados, que meu pai me ensinou cuidado, e
bati na casa do seu luís,
pra Perguntar. minha mãe deixou eu ir, deve ser
    porque morreu uma menina de 8 anos e isso
    transformou ter a minha idade em ser adulta ou
quase.
toquei a campainha, que era um sino.
atendeu a dona rosa.

— *oi, seu Luís tá aí?*

— *veio sozinha?*

(balancei que sim.)

— *sua mãe sabe que você está aqui?*

— *deixa ela entrar, rosa. pode entrar.*

entrei e o cheiro

de mato. Atravessar a rua pra casa do seu luís me

    levava até o menor país do mundo chamado

    A Morada, 2 habitantes apenas e muita grama.

o deusinho

fora

da manjedoura até que me fez feliz, mas aquele

    Piano saído da voz do diretor do colégio

ainda estava em cima de mim.

sentei no sofá

pronta pra perguntar mas

nem precisou.

— *eu soube que a menina que morreu era amiga sua.*

— *a carla.*

— *e você tá se sentindo como?*

—

Sozinha.

quando ela volta, seu luís?

(ele tirou os óculos
de novo.
o olho de pedra
me assustou um pouco
menos.)

— ela não volta.
quer dizer,
ela só volta dentro de nós toda vez que alguém pensar nela.
fora, nunca mais.

ele acendeu o cigarro de palha.
fiquei olhando o fogo como coisa bonita que dança
    sem ninguém pedir. na história do mogli que
    meu pai me contou,
fogo chama flor
vermelha e pode matar
a floresta

inteira, mas pequeno assim no cigarro não
parece.

— por que as pessoas morrem?
— tudo o que é vivo morre, você já teve um peixe? eles
    morrem muito. todo mundo morre muito, se não for
    de uma coisa é de outra.
— foi o deusinho que morreu a carla, seu luís?
— não.
— então quem?
— ninguém te contou?
— ninguém me contou. eu perguntei pra bastante gente.
    ela nunca tinha doença. eu queria apresentar o senhor
    pra ela, mas antes ela precisava ficar doente. ela nunca
    ficava.
— bom,
a carla morreu de
Cachorro,
ouvi dizer que era uma menina muito curiosa.
Subiu no Muro pra ver
o bicho mais bruto do bairro. queria saber o rosto como era,
    o tamanho da
boca, a cor
do pelo. ela queria entender a placa

CÃO BRAVO

foi quando o cachorro deu um salto e
puxou o pé
da carla. não deu tempo pra mais nada além de
Gritar.
— ela tá desmontada?

(ele fez que sim com a cabeça.)

— mas então a gente pode
Colar a carla de volta! o senhor Benze e
pronto!, ela Vive de novo.

(ele apagou o cigarro no cinzeiro.

virou o rosto
buscando a dona rosa, que estava de costas
fazendo feijão.)

— é uma Pena,
mas eu não sei fazer a morte
parar.

a sala ficou um Luto.

de barulho,

só as panelas no fogão.

olhei perdida pro seu luís,

ele não parecia mais tão sabido.

parecia um velho

Triste,

esquecido de tudo.

— *agora é melhor você voltar pra casa, sua mãe pode estar*
    preocupada.

e o pescoço

murcho,

a sobrancelha torta por trás dos

olhos.

pensei que o seu luís consertava o Mundo,

mas era só gripe e os problemas de alergia da minha
    mãe.

será que a Carla pulou no cachorro

pra machucar o corpo

e conhecer o seu luís? se sim

não valeu a

pena, era melhor a gente voltar

no tempo e

Desistir.

levantei do sofá estranhando meu peso.

saí dali sem dizer palavra, seu luís

encostou a porta

atrás de mim.

atravessei a rua esquecida do Cuidado.

um carro

freou tão forte, ficou o cheiro

de borracha que não me assustou eu estava

Adulta,

assustou minha mãe, que correu pra janela

me ver.

entrei em casa, sumi no chão ao lado

da porta.

Chorei pensando que chorar assim deve desmanchar
      o rosto da gente,

derreter os cílios.

pedi pro deusinho minha amiga de volta pelo menos
      um pouco pela última vez.

só mais 1 dia ao lado dela sabendo que

Acabou, pedi

por favor,

deusinho,

volta a carla ao normal pra mim, que sem ela eu

    acho que

Não Consigo.

tentei segurar

as lágrimas que caíam na minha mão em

concha,

eram tantas,

será que com o uso

um dia a lágrima acaba?, a vida

pode ser longa e eu não queria

virar

uma menina sem lágrima no meio do caminho

uma mulher.

levei minha água pra boca, foi salgando a língua em

    vez da mão.

minha mãe

sentou tímida ao meu lado.

sempre gostei dela fazendo carinho no meu cabelo,

    mas hoje estava esquisito, no dia que eu

    descobri o que é Morrer.

— *o que aconteceu com o cachorro, mãe?* — indaguei

    num soluço.

— (um silêncio.

depois,) *ele morreu também.*

— *e o grito?*

— *que grito?*

— *seu luís me contou que teve grito na morte da carla.*

— *ah, o grito. não sei, pode ser que*

ele esteja guardado.

— *no muro?*

— *é. no muro.*

— *e a carla tá guardada onde?*

minha mãe me disse que a carla

mora morta embaixo da terra, que é

a casa dos mortos ao mesmo tempo que o céu

    também, mas o céu

guarda a parte viva da pessoa, aquela coisa que

não morre nunca. não a saudade,

a saudade é amor e é dos vivos,

estou falando da coisa viva que fica nos mortos,

    minha mãe chama de:

— *alma.*

eu

prefiro chamar de:

— *quando o deusinho teimoso mora na gente.*

\+

deu ano-novo e eu mudei

de escola. meus pais

discutiram sobre,

pensando que era melhor eu ter menos estímulos

    de Carla e no colégio antigo

quase tudo me lembrava

Ela.

o colégio novo era

uma Selva.

que pequeno o pátio, eu não gostava de basquete e

    tive que jogar pra não tirar

0. me acostumei a ser a última escolhida pelos times

    porque eu não era boa e achava justo.

    começaram também a me dizer:

— *você*

não é bonita.

e pra Ana diziam:

— *você é*
bonita.

teve uma vez que eu fiquei no espelho
olhando a minha cara, e a ana na pia do lado,
  olhando a dela.
eram caras muito parecidas
2 olhos no mesmo lugar, cabelo na cabeça, dentes.
a ana dizia:

— *vamos?*

e as pessoas iam.
eu
quase nunca usava plural fora de casa.
comecei a pensar que quem sabe eu poderia Ser
Mais
Como Ana e comprei um tênis igual.
todo mundo reparou. Riram do meu pé dizendo:

— *é cópia.*

Riram muito
do meu pé me apontando

dedos, fizeram uma Roda à minha volta.

eles Giravam gritando *é cópia*, gritando

é feia,

pensei que morreria igual à carla, será que aquilo

era morrer?

minha calça ficou

Molhada, calça cinza de moletom virando escura.

comecei a ouvir risadas mais altas e um:

— *ela se Mijou*!

muito Alto

fechei os olhos e senti

o perfume

da professora

puxando minha

mão.

pediu *Chega*

e de som no pátio ficou só o eco

dos passarinhos e alguns pés

de crianças voltando

pra aula sem saber o que tinha acontecido porque

não tinham visto.

a Professora

me levou pra sala dos

professores, onde eu nunca tinha entrado,

estava vazia.

era grande, com mesa parecendo de jantar

    e uma garrafa

térmica.

pedi café, por favor. ela disse que não era

    bebida de criança, mas hoje

tudo bem e

me deu,

queimei a língua, que morreu

até de noite.

enquanto a professora me abraçava, me trocava a calça

    na mochila tinha

outra e abria

a boca com batom pra dizer umas coisas que eu não

entendia mas

pareciam boas, chorei de saudade da

Carla, minha menina

intacta

que sempre soube fazer do medo

um pó

de risada nossa.

+

minhas notas só pioravam.

o tempo que eu passava estudando era do tamanho
dos estados unidos, eu vi no mapa

os estados

unidos

Enorme, cheio de

nomes, um dia eu quero ir pra lá e também na

África. conhecer a Rússia.

viajar o mundo

em busca da rua mais bonita que já nasceu.

existe Avião, meu pai disse que nele tem escada com
roda e os passageiros sobem pra

entrar,

avião

mesmo no chão

é muito Alto,

ele leva mais longe e mais rápido o maior

número de pessoas pros lugares que elas

precisam ir.

— *então avião é deus?*

meu pai disse que não, porque avião são vários de
    várias empresas.
pensei que as igrejas também,
acho que meu pai não está querendo
me contar a verdade,
ele pensa que eu não vou entender deus sendo um
    tipo de
Máquina,
com gente que trabalha dentro usando terno e saia
    pra voar no mundo.
eu vou ser assim
quando tiver um
emprego,
vou trabalhar dentro de deus
e nunca mais nenhum idiota do colégio vai mexer
    comigo.
se tentarem
estarei nas nuvens,
não vou ouvir.
meu pai me contou que chama Aero Moça o que eu
    quero ser. minha mãe
não gostou da ideia, disse que era:

— *perigoso.*

e me chamou
pra ir na casa
do seu luís.

— *não tenho tempo, é muita prova* — eu disse séria,
     e ela respondeu:
— *tudo bem.*

mas não era
Tempo,
o problema foi a perda
da parte
de mim que
acreditava, vazou no banho um dia
pelo ralo,
escorreu e a água rápida mandou pro cano que levou
     pro rio.
acho que aconteceu a mesma coisa com a minha
     mãe.
reparei que
aos poucos
ela também

deixou de ir no seu

luís.

+

A cura não existe

foi o título da minha redação. tirei 4
e meio com um bilhete dizendo que não estava bem
    escrito, mas eu
gostei.
amigos na escola nova eu não tinha nenhum.
me apaixonei por 1 menino chamado caio que só
    tinha olhos pra ana, então eu não disse nada
    e amassei o amor tentando esquecer.

(mas antes de amassar
eu cheguei a bolar 1 plano: levei de lanche 2
    tortuguitas,
ouvi ele dizendo que Gostava,
inclusive
gostava
de comer devagar feito eu.

— *mãe, quero 2.*

e no recreio de pátio pequeno
fiquei esperando o melhor momento, que não
    chegava, acabei sentando de qualquer jeito do
    lado dele na mesa de plástico,
o sinal bateria em menos de 3
minutos, o relógio
com asa, pensei:

e se não existir momento perfeito?, mais por culpa do
perfeito que do momento,

Sentei.

ele levantou rápido dizendo pro amigo:

— *que cheiro de mijo por aqui.*

me cheirei e não senti
nada.
pelo pescoço subiu um grosso de choro que eu não
    deixei chegar no olho,
fiz força pra baixo,
pro estômago,
melhor virar 1 pum do que chorar na frente dele.

cheguei em casa e

pedi pra mãe algum perfume.

— *você é criança, só sabão já está bom.*

no banho

cheirei o sabonete pra ver se tinha xixi:

nada,

e na embalagem estava escrito:

Lavanda

me sequei com toalha quente

de ferro

que minha mãe deixou dobrada

na cama,

nenhum pelo

no meu corpo,

nenhum seio

no meu peito.

vesti o pijama.

peguei da lancheira a tortuguita um pouco

mole, que sobrou do

caio, meus cabelos

ainda molhados.

comi devagar como sempre

jurando pra mim mesma nunca mais

olhar na cara

daquele Idiota, eu

me sentindo uma,

mas não chorei.)

+

pra ficar com menos

saudades

da carla

eu escrevia Cartas

pra ela Por horas,

querendo fazer caber tudo o que eu sentia sobre ela

    ter me deixado tão sem aviso.

quando eu ainda era amiga do seu luís,

benzendo da gripe ele me contou que Carta era um

    ótimo jeito de dizer que se ama alguém porque

    às vezes falando a pessoa não entende nada ou

    escuta pouco pensando em

outras coisas.

— *escrever é mais forte.*

ele me disse e pegou da gaveta

um bolo de cartas que ele tinha mandado

pra dona rosa quando ela

ainda era rosinha e morava com os pais numa
    fazenda Longe.

— *foi numa festa de são joão que a gente se conheceu.*
    a Rosa era a menina mais bonita
com aquelas tranças.

e eu imaginando a dona rosa de tranças mas
não conseguia deixar ela sem ruga, na minha cabeça
    ela virou uma cara velha num corpo
de moça, me deu vontade de
rir.
seu luís leu algumas cartas pra mim, a dona rosa toda
sorridente na cozinha de um jeito que eu
nunca tinha visto.
me serviu pudim e estava O Melhor dos Melhores,

— *assim meu estômago vai desmaiar* —
eu disse chupando a colher

e seu luís lendo
coisas lindas
de amor,

rosa,

é grande a saudade que sinto do cheiro que sai do seu

corpo quando você anda e venta junto

ou

vou conversar com seu pai pra gente casar. eu não

tenho dinheiro como ele gostaria, mas tenho um

peito

que dentro só cabe

teu nome

e medo nenhum quando penso em você.

se tudo der errado te proponho uma fuga

e muito amor

pro resto da vida.

ou

faltam poucos dias pra gente se ver,

aguenta firme,

eu digo para as minhas pernas

bambas quando lembram das suas.

do seu,

Luís.

aquelas cartas deixaram a dona rosa tão feliz
e no seu luís um brilho
parecido com o fogo
que sai
do cigarro sempre na
boca,
então decidi escrever assim pra deixar a carla morta
    muito mais feliz sabendo que eu amo ela forte
    pra escrever
um monte
de carta que, agora, ela deve ter muito tempo pra ler.

Carla,

você devia ter me avisado.
sumir pra nuvem assim foi como brincar de
    esconde-esconde pra sempre, fez nascer um buraco
    em mim, lembra do vulcão na aula de geografia?
então, é assim que eu me sinto,
mas sem o fogo,

que não é quente ficar sem você,

algo em mim congelou.

você sempre será minha menina favorita no mundo
mesmo quando eu crescer e conhecer outras
meninas, juro que nenhuma será como você.

pensei que podíamos seguir conversando, mesmo que
eu não possa ver você porque o deusinho não
deixa, senão

eu morro também.

queria saber como é morrer, você me conta? queria saber
como fica o corpo morando assim, na nuvem. você
sente igual quando estava viva? a diferença é só
que a gente não te vê mais?

Achei uma foto sua no álbum da escola. você estava
com o sol na cara e seu olho verde mais verde
que nunca por culpa do amarelo do sol.

você estava linda, carla. na foto eu deitei no seu ombro
porque você estava linda e porque eu te amo
mesmo com você morta. espero que seus olhos
estejam abertos.

um beijo e um abraço, na próxima carta vou te fazer
um Desenho.

pra mandar

eu subia no telhado pela laje.

fazia um avião com a carta e mirava

o céu.

dona Sônia, a vizinha

do lado

direito

bateu em casa numa tarde de sábado.

meu Pai atendeu.

quando fechou a porta ele tinha um saco

de mercado nas mãos e me olhou cansado dizendo:

— *você tá jogando papel lá na casa da dona Sônia?*

peguei o saco da mão dele.

dentro Eram as cartas pra carla, que merda, avião de
    papel não viaja o céu inteiro.

então pensei em pedir ajuda pro's passarinhos.

eu colocaria a carta no bico e eles entregariam como
    fazem nos correios.

mas o tempo

que eu levava era

muito grande, não é toda hora que tem pássaro no
    telhado e quando tinha eles eram bem teimosos,
    bonitinhos

mas preguiçosos,

ou eles nem pegavam a carta

ou eles achavam que a carta era comida. os pombos

    eram os piores. mal me olhavam na cara, voavam

    curto, sempre

cansados.

que merda,

merda era uma palavra nova

pra mim,

que satisfazia as minhas angústias deixando

    no peito um

alívio.

no fundo

eu sabia Quem

era o único que podia me ajudar, apesar de

tudo.

não sou orgulhosa, o motivo

era nobre, então Fui

até a casa

do seu luís.

pensando bem, não deve ser fácil curar todos os

    defeitos do mundo, se ele tinha o dom de curar

    alguns já era legal da parte dele, além da saudade

    que eu sentia do deusinho.

fora que eu precisava contar pro seu luís que a carla

   agora mora nas nuvens,

é como morar em algodão-doce e ser pequeno.

não precisa ir pra escola, só precisa ser leve pra não

   cair do céu e morrer de novo.

aí eu não sei o que acontece com quem morre de

   novo, mas

deve ser

Grave.

atravessei a rua.

toquei o sino,

(nada)

bati na porta,

(   )

virei a maçaneta,

(trancada.)

voltei pra casa chamando mãe,

— *cadê o seu luís?*

ela não tinha me contado nada porque
    achou que
era muita morte pra eu saber de uma vez só.

+

AOS 17

era o meu primeiro show de rock.

a Paula me chamou pra ver aquela banda holandesa

de nome impronunciável, muito menos

escrevível, mas fui.

era por Ela, afinal de contas, que quebrava todos os

    meus galhos até naquela vez que menti pra

    minha mãe de ter

dormido na casa dela, mas eu

tinha passado a noite

debaixo de uma árvore

com o Pedro,

beijando aquela boca macia,

minha língua cansada sem querer parar

de lamber o menino

mais lindo que meus olhos já

viram, a vontade era de

engolir o

Pedro e guardar ele dentro pra toda vez que eu ficar

    triste lembrar que ele

existe em mim.

inclusive eu queria que ele tivesse ido ao show pra
    gente continuar se beijando, Insisti,
mas a mãe do Pedro
estava sem dinheiro e ingresso
custa caro.
não éramos namorados
porque ninguém pediu que sim.
mas nos amassávamos regularmente
pelos cantos do colégio
nas escadas de incêndio, ao lado dos postes, apoiados
    em carros, teve um dia que foi na grama e
foi um
quase,

— *você de vestido é mais fácil* — ele sussurrou me
    agarrando as coxas. eu disse:
— *calma.*

ele acalmou quando prometi
que em breve
faríamos sexo
e só de pensar no Pedro pelado, eu
já sentia espasmos
nas costelas de perna

bamba.

usava a palavra tesão

pra falar com a paula sobre o que eu sentia pelo

    Pedro quando a gente colava a boca. a Paula ria,

    ela também

era muito

beijoqueira. a palavra tesão eu aprendi com o

    Gustavo,

um carioca que ficava na janela da van do colégio.

    ele colocava a cara pra fora

e comia vento dizendo:

— *que tesããão.*

de um jeito que até me fez buscar

a palavra

no dicionário e

Entendi.

o show

não era de todo mal, a Paula

estava se divertindo muito.

começou a dançar com um cabeludo

ótimo

dançarino de camisa xadrez, e ele começou a dançar

    comigo também,

dançamos os 3

em grude.

bebíamos da mesma

cerveja, parecia que nos conhecíamos fazia anos.

chegamos à conclusão de que

ser jovem

é bem mais chato do que

ser velho, as cobranças, o colégio,

os pais, o

Futuro, espero

que não estejam contando com a gente pra salvar o
    mundo.

a paula chiou:

— *eu queria ver melhor.*

então colamos o mais rente que deu do palco,
    um bolo

de gente

junta.

— *a batida dessa banda é muito boa!* — berrou o
    cabeludo.

— *o quê?!* — eu disse.

— *a batida dessa banda. é muito Boa!*

e era,
deliciosa a música que tocava, sorri concordando.
    acrescentei:

— *é viciante.*

e falei isso forçando
o tamanho
da boca.
a Paulinha nem ouvia, ela pulava como uma louca
    sem
sutiã, *que Bico,*
eu pensei olhando, o cabeludo flagrou meu olho,
salivamos.
estava quente no show ao ar
livre e
choveu.
a banda tocava de olhos Abertos *give me love*
give me love give me
peace on Earth
give me light give me Life keep me
Free só que numa versão mais

punk. as pessoas

empurravam querendo ver de

perto,

o espaço

na frente do palco ficou minúsculo, meus músculos,

me senti um bicho,

joguei cerveja no rosto e lambi as sobras que caíam

    na boca.

eles riram, me imitaram,

a Paula

arrancou a blusa e rodou no ritmo,

as tetas também

no ritmo

suamos e fomos ficando cada vez mais juntos

cada vez mais

justos e

quando dei por mim

estávamos beijando

a boca um dos outros até virar um beijo de 3 bocas e

    foi

desfrute.

a língua da Paula

era muito gostosa com aqueles

peitos,

a boca do cara tinha cheiro de menta com aquele
cabelo.

ninguém perguntou de nomes,

fechei o olho
pra morrer a 3.

+

tinha conhecidos do colégio no show da banda
moda.
alguém
tirou 1 foto do beijo triplo
e mostrou na segunda-feira pro Pedro, que socou o
ar dizendo:

— *puta.*
eu gostava de você, sua
P u t a!
— *eu ainda gosto, Pedro, Calma!*
vamos conversar. foi uma
brincadeira,
a gente se deixou levar pela música, né, paula, mas juro,
acabou ali. a gente tinha bebido um pouco mais que
o normal. aquela cerveja era muito vagabunda,
subiu tão
rápido,
eu ia te contar,
mas não assim. não desse jeito, Pedro,

escuta.

e ele fugindo de mim com o punho
cerrado, a boca
molhada enchendo os corredores
com as letras

P

U

T

A

o que aos poucos foi me deixando
realmente
Puta.
em casa,
na minha cama,
percebi que
na verdade eu estava arrependida, me sentindo
Sozinha, querendo
morrer.
as pessoas
colavam pela escola fotos do pedro em chifres.

rei do gado
era seu novo apelido:

muuuuuuuuuuuuuu quando ele passava,
muuuuuuuuuu desenhado em bilhete.

ele tacava tudo no lixo e a cara
magra, mais magra do que nunca.
escreveram
Pedro Corno
ocupando toda a lousa antes de a professora chegar,
o apagador sumido,
tentei com a manga da blusa enquanto o povo da
 sala gritava:

— *Puta!*

um do canto foi mais longe:

— *vem cá*
dar aquele beijinho no meu pau.

meu Grito
estava a ponto de
explodir quando

a Paula me puxou pro banheiro me pedindo
calma.
que nojo me dava
do amor
virando posse, das
pessoas virando cruas, do Pedro não entendendo
   nada com aqueles olhos inchados e duros,
seu amor por mim
escorria
virando
Ódio, virando
ímpeto.
eu passava horas
trancada no quarto depois do colégio.
não queria comer, minha mãe insistia.
dizia que
o amor era um vento,
logo passa e começa outro com tanta naturalidade
   que você nem percebe.
mas é a culpa mãe,
trezentos
quilos
de culpa
e ela achando que nessa história eu era santa.
não contei

que beijei a Paula beijando outro, ela nunca ficaria

do meu lado se soubesse e naquele momento

eu precisava muito

de alguém do meu lado.

meu deus.

que saudade de quando nada disso tinha acontecido.

de todos os segundos antes disso ter acontecido.

a Paula

tentava

encontrar uma solução

propondo:

— *vamos descobrir*

quem foi o filho da puta que tirou essa foto.

mas pra mim era tudo tão

Tarde,

o tempo

escorria sem

sono das minhas

mãos.

+

sexta-feira à noite eu
na cama, meu pai me disse:

— *quer comer uma pizza?*

não quis.
a semana não tinha sido fácil com o Pedro me
    odiando, eu estava
sem fome nem ânimo e meus pais
estavam
timidamente alegres no amor deles de anos, era
bonito ser sexta-feira e estar casado, espero que um
    dia faça sexta
no meu amor.
então eu disse, um pouco cúmplice:

— *vão vocês.*

e eles foram,
o amor é de uma força que

eu até me animei.

liguei um filme

ana e os lobos

estava em cima da mesa pra devolver na

locadora,

meu pai disse que era bom.

parecia ótimo

logo na primeira cena, mas

o cansaço

é uma coisa que

quando Chega

faz a pessoa dormir discretamente pra si mesma e

     começa na

pálpebra,

quando alguém tocou a campainha.

acordei.

olhei quem era

pela janela do quarto

e vi o

Pedro?,

lá embaixo, que me viu também e disse:

— *eu quero conversar com você.*

meu ar
fugiu do peito,
tentei me arrumar rápido no espelho, joguei
o cabelo
pro lado, passando perfume em lugares
estratégicos.
ele estava calmo, eu senti
alívio, pensei em argumentos como
fiquei bêbada,
ninguém trocou telefone,
do cabeludo eu não sei
nem o nome e a paula
foi uma bobagem
esquecível
entre amigas, eu
já esqueci.
desci as escadas correndo num quase tropeço.
quando abri a porta

o Pedro
tinha 1 Faca,
que colou no meu
pescoço.
meu grito
morreu no estômago
junto com o chute que ele me deu.
caí sem acreditar naquele Pedro que
arrancou o meu
vestido, o contato
rente
da Faca
queimava
a pele e
ardia enquanto o Pedro
mastigava meus peitos
pronto pra arrancar
o bico.
ele lambeu minhas coxas por dentro a buceta meu
    rosto o cu e a língua um pau revirando,
entre a reza e o pulo escolhi
ficar dura
e estranhamente pronta
pra morrer.
foi quando o xixi

me escorreu
entre as pernas.

— *tá mijando em mim, sua porca?*

ele arrancou o pau pra fora e fez o mesmo
na minha boca.

— *engole essa, vadia.*

o gosto morno
era azedo.
ele socou o pau
até o fundo mais
impossível da minha
garganta,

vomitei.

o pedro
ria,
disse que arrombadas como eu prestam só pra dar
e olhe lá que tem muita putinha bem mais

delícia
do que eu em cada
esquina.
ele abaixou as calças
abriu minhas pernas
e meteu com pressa,
de olho
fechado, a cara toda
cerrada
de gozo e nenhum ódio,
o ódio agora
era meu.

           Acabou

e eu
melada O chão
de ardósia O Pedro
subiu as calças
virou as costas
e saiu.

+

AOS 18

— *é um menino* — o médico disse

e pôs o bebê

no meu colo.

eu estava chorando

de cansaço,

olhei praquela criança

também chorosa, ela que

não fazia ideia

do que é no mundo nascer menino,

alguém precisa contar.

não da parte física, claro,

isso ele vai descobrir sozinho

e muito rápido,

alguém precisa contar da outra parte, doutor,

as mulheres

abusadas nas trincheiras e

nos viadutos

não estão nos livros de história.

os ditadores, sim,

todos em itens

numa longa biografia.

olho pro meu Filho,

ele está

quente,

a enfermeira pega ele de volta

todo mundo está sorrindo

e eu precisando contar

pro menino

tanta coisa,

a maioria

triste.

o ser humano, filho, matou um alce

e também a África.

também a

Amazônia. também o boto

cor-de-rosa, também o rio.

quando um bebê nasce

é preciso contar devagar pra ele

sobre a terra.

o futuro

espera numa concha.

um bebê no mundo

também precisa saber das histórias bonitas,

do som da gaita cabendo na rua,

do dedo no piano,

e o piano de cauda que foi

vendido pra construir

aquela quitanda ali

na esquina,

que ficou de herança

pra família silva, agora todos mortos.

um bebê precisa saber

do pirulito que vem de brinde

na revista,

que a biblioteca existe antes,

que antigamente telefone em casa era luxo. ter linha
    e vender a linha

era quase como ter um carro

e vender o carro.

um bebê nasce sugando leite,

ele precisa saber que dar o peito pode sangrar para
    algumas mães,

empedrar para outras.

ele precisa saber

que a chuva traz paz só pra quem mora no topo,

quando chove o rio sobe tão alto que

vira grito, os carros

estão com vidros

fechados, na rua tem pedra

que bandido põe pra furar pneu. se você cair

vai abrir o vidro

e perder o carro, é melhor seguir fechado

até o fim.

falta água

mas sobra água

invasora de barrancos, rodos nas mãos das mulheres

puxando o cimento,

homens de chapéu parecem preocupados,

o futebol da molecada

teve que parar, por hoje.

— *amanhã o campo seca* — disse o menino miguel.

aos bebês

é preciso contar que

a casa da gente

virou casa uma em cima da outra e isso é normal,
  a cidade dorme no entre.
algumas pessoas se recusam a vender seu terreno pra
  virar apartamento, mas as construtoras dizem de
  milhão e convencem, o dinheiro deixa
o corpo louco pra
grudar na nota.
fica o céu de teto,
nunca faltou céu no planeta terra
nem igreja nem açougue nem boteco.

quando um bebê
nasce

é preciso contar pra ele que bebês
também morrem
e o caixão
é sempre branco. ainda assim,
quando um bebê nasce
uma Flor brota
no peito e sai
pelo leite da mãe.
é assim
que os bebês crescem

se alimentando dessa
flor invisível.
algumas pessoas
chamam ela de
amor.

procurei a tal

no meu peito descampado

por 9
meses e depois
no hospital,

— *isso é*
tristeza pós-parto, seu corpo fez muita força.
mas deus é grande,
essa dor
passa rápido
e agora você precisa ficar forte
pra cuidar do seu
bebê — a enfermeira disse.

em casa,

com o menino no
berço

e os anos passando,

procurei em cada canto

(nenhum sinal da Flor.)

+

AOS 28

meu filho fica com a bete enquanto eu trabalho

    num escritório de advocacia no centro, a cidade

    cheia de

escritórios dentro

de prédios cheios de chaves e regras sobre

como se comportar num

elevador.

tanta pompa

e da janela se vê na rua

um bando de gente caída nos lixos que são

camas, eles comem

papel

pra ter o que mastigar além da fome e morrem

de medo e

de abandono.

dentro dos prédios não há

rastros de que essas pessoas existem, ninguém

    comenta do lixo na porta e da gente doente,

dentro dos prédios é outro mundo,

tudo é limpo, de mármore cheirando bem.

às 6 da manhã eu fico no ponto

esperando meu ônibus já lotado

tem gente que acorda às 5, pega condução às 5h30

    e pega também o meu assento.

em pé a caminho do trabalho, era de segunda

a sexta.

no máximo às 7 eu estava na minha sala sempre a

    mesma, agora sim

sentada

e por quantas horas

Sentada,

numa mesa cinza com borda preta.

todo mundo que chega

passa

primeiro

por mim

A

Secretária, que escuta

e anota tudo, principalmente os números

de telefone pra ligar

depois.

nem de longe era meu emprego dos sonhos

mas o chefe ia muito

com a minha cara, o que me dava

algumas vantagens, como

sair

mais cedo sem levar 1 pito.

— *é meu filho, doutor, eu preciso voltar.*

e fazia biquinho, depois de dizer. usava umas saias.

virava de costas

pra pegar os documentos, aí

ele deixava tudo,

o idiota,

me pagava em dia, eu não tinha

do que reclamar.

no escritório

tinha um bocado de gente que estava terminando

    o mestrado

pra começar o

doutorado e também

casar, trocar o

carro, algumas pessoas

preferem viagens. a Paula mesmo, eu soube que

    está na China com a empresa bancando tudo,

    a mãe dela me disse no dia que trombamos na

    farmácia.

Engenheira Civil, ela

virou. quem diria,

na época do colégio a gente nunca conversava sobre

física ou matemática. pedi pra ver uma foto,

a mãe dela disse que não tinha

mas jurou que ela estava

igualzinha,

a mesma doida de sempre.

sorrimos.

— *manda um beijo pra ela* — eu disse dobrando a

esquina,

mesmo sabendo que beijo

não é coisa que se mande por recado,

ainda mais

para uma velha amiga.

o melhor a se fazer seria

telefonar,

mas isso

eu não tinha peito,

não depois

de tanto tempo, sentia medo de ver distância nos
    nossos rostos, não contei pra ela
sobre
a noite
em que o Pedro foi na
minha casa,
eu

não consegui contar

(pra ninguém.)

a mãe da Paula
levantou a mão num aceno,
depois entrou no carro e sumiu pela avenida.
e a Carla?
o que a Carla estaria fazendo se ainda estivesse viva?
talvez
fosse atriz,
com aquelas imitações maravilhosas que ela fazia de
    Borboleta,
estaria na capa
de uma revista, provavelmente teríamos perdido o
    contato também.

tenho amigos que não morreram

mas é como se eles

tivessem morrido, ninguém se fala

apesar de ser possível.

até com meus pais

eu falo cada vez menos

e nada dói no meu corpo a ponto de chamar de

saudade,

com as pessoas vivas eu me sinto mais à vontade

    pra esquecer.

lembro quando eu olho no espelho

e vejo

entre as sobrancelhas

1 ruga que

parece um rio.

o que eu estaria fazendo se eu pudesse ter escolhido

    fazer alguma coisa?

pensando agora

eu ainda gostaria de ser

Aeromoça, elas

voam

sem precisar de asas ou nem enfiar a mão no bolso,

    e sim

o contrário.

são tão

bonitas, as escolhidas,

não parecem tristes nem ocupadas demais

enquanto eu

em terra firme

chego em casa

todo dia um

caco,

ainda bem que a bete existe.

desde que me mudei pra freguesia do

Ó essa vizinha me ajudou muito, é claro que

por alguns trocados.

os filhos só visitavam ela na doença, uma senhora

gorda e simpática

com problemas de coxas que roçam.

sozinha durante o

dia, ela

percebeu que meu filho precisava de ajuda.

me disse quando cruzamos:

— *o menino chega da escola com fome, eu posso preparar*

alguma coisa pra ele comer.

— *não tenho dinheiro pra babá.*

a bete

retrucou dizendo que só queria mesmo

ajudar e

fechou o portão do prédio,

eu arrependida percebi que sim, subindo a rua da

praça.

no dia seguinte bati na porta da bete

pra pedir desculpas

e ficou combinado uma ajuda

de custo em troca do almoço pro lucas,

também roupas usadas pra ela

levar na igreja e

uma amizade discreta entre nós.

a bete era Boa com crianças,

uma cozinheira

de mão-cheia, e o que nasceu apenas como promessa

de dar almoço pro menino acabou virando o dia

todo com ele, que

Cresceu

menos no meu

braço e mais no dela.

as despesas da casa, contas de telefone, de

água e de

luz me davam oi antes do meu filho.

— *não vai me cumprimentar, lucas?*

ele não queria parar o videogame, me explicou que
   o boneco
podia morrer.
lembrei do seu luís dizendo
fazia tanto tempo, quando eu
era mais jovem do que o meu próprio filho, ele dizia
   que tudo
o que é vivo
morre, mas morrem também os virtuais, seu luís.
   também as coisas.
a minha televisão, por exemplo,
está morta
desde domingo.
ressuscitei agora em 15 minutos lendo o manual.
   apertei ON pelo controle remoto:
funcionou e quanta gente triste
dentro da TV.
se for assim, então eu bem que podia ser atriz de
   novela numa boa.
outro dia contei pro lucas
da carla morta feito boneco
do game.

— *o cachorro matou e depois*
foi morto,
quando um animal come carne humana
ele não quer mais saber das outras carnes e
acaba virando um bicho perigoso,
entende?

não tinha percebido que o lucas estava de fone.
ele foi pro quarto.
Levantou e foi, da porta me disse que estava com:

— *fome.*

mas da porta ele nunca me disse:

— *conta mais de você, mãe.*
ou

— *eu te amo.*
ou

— *mãe,*

na sala comigo

assistindo um filme, especialmente não assistindo
 nada, apenas deitado
no meu colo pra eu fazer cafuné naquele cabelo
 que fazia tempo eu não sabia do cheiro,
 perguntei pra bete
 na segunda
 se ele estava usando condicionador.

— *tá sim que eu tô de olho.*

e virou pro forno
pra tirar o bolo
do lucas, que veio correndo
já de uniforme pra sentar na mesa e
tomar café.
pela fresta da sala
vi
aquele menino
comendo demais e muito
rápido, crescendo rápido também a barriga,
as canelas,
alguns pelos
no canto da boca e as garfadas grossas no bolo já
 quase
acabando.

eu disse:

— *chega.*

mas os 2

riam tão alto que ninguém me escutou.

+

com o lucas na escola e a bete

de folga,

chorei assistindo um programa de TV. nascida já há
    anos

ainda passo por esses vexames,

aproveito e tiro uma foto

de dentro da minha cabeça. daqui um tempo

olharei pra ela e

ficarei triste

por eu ser eu mesma

e não haver outra saída possível pra deixar de ser
    eu e ainda assim seguir vivendo.

reencarnar numa mosca

deve ser coisa breve e por isso

boa, um flash e depois

a morte de novo. uma mosca sabe

que moscas

morrem?

e quando finalmente ela está morrendo,

será que uma mosca dói?

será que ela não pensa ou ela pensa de um jeito que
    só quem é mosca sabe?
porque uma mosca também não sabe se a gente
    pensa, ela nunca
vai ter certeza
a não ser que ela se torne um ser humano, me diria seu
    luís.
eu estava tomando café
com o dia todo pela frente, a vida é tão longa com
    suas horas enormes,
no cemitério uma paz
de noite incurável,
aconteça o que acontecer um morto está morto.
    não há urgência que o faça levantar ou ser
    triste
tampouco alegre, era o nada absoluto que
me soava como belo, e se eu

me matasse?

agora sozinha
seria o momento perfeito, que eu pensava
não existe
quando eu tinha

8.

abri a gaveta pra ver:

tinha tesoura,
faca de churrasco, tinha a minha mão que eu levei
    ao meu pescoço e tentei apertar
mas foi devagar demais, foi
quase um carinho.
olhei de novo
pra gaveta de
pontiagudos,
meus dedos
sem forças me dizendo que não sei enfiar na carne
algo que machuque a carne,
só metafisicamente sei fazer isso
muito bem,
fisicamente uma faca
e meu pulso
não se grudam, antes

solto a faca

e aumento o volume da TV.

a moça que me fez chorar
tinha sido sorteada entre milhares de moças,
uma delas podia ser eu,
caso eu tivesse mandado carta pro programa,
mas até isso dói.
expor
dói. me expor pro pessoal da produção.
Chovia. a moça da TV conseguiu a viagem dos
sonhos, andou de avião pela primeira vez,
ficou num hotel com
o marido e os 2 filhos, a família sorrindo pra câmera
do programa, o brasil inteiro assistiu.
perguntaram pra ela, o repórter:

— *como você está se sentindo?*

e quando ela foi responder
engasgou,
pôs a mão no olho, não conseguiu falar, e foi sincero.
aí meu pão travou na garganta,
caíram lágrimas dentro do café.
eu não queria chorar,
estava odiando não conseguir parar de chorar. assim
como tudo, também não quero lembrar e de
repente

já estou lembrando,
vou perder o próximo ônibus pro trabalho
comendo devagar assim e
chorando, meu chefe vai dizer:

— *isso são horas?*

são muitas
as horas
na mesa
de trabalho e o mundo lá fora, esperando, tem o
     que no mundo
quando há tempo pra ver?
quando eu tenho tempo pra ver, nada
acontece no banco
da praça, ali
tudo escorre e
tudo é perda
mesmo quando estou fazendo
o que imaginei que gostaria de estar fazendo,
mas ao fazer bate aquela sensação esquisita de ainda
     estar viva justamente neste ano, exatamente
     neste corpo que sou eu, as pessoas
sabem meu nome, me chamam,

então eu existo ao mesmo tempo que sou

invisível na multidão.

imaginei meu telefone tocando:

— *alô*

aqui é o mauro, diretor do canal de tv. *você acaba de*
  ganhar uma viagem.

pra lua.

a Lua da minha janela parece comestível.

de perto

com sua cavidade cinza

não deve ser tão

bonita

quanto vê-la do ônibus em movimento.

+

quando estamos sem a Bete,

os cômodos da casa

ficam ainda mais

Vazios.

ela enche porque é gorda também por dentro,

a Bete é algo tão importante

entre mim e o lucas

quanto uma ponte

pro viajante que quer chegar.

de sábado

os amigos do meu filho aparecem em casa pra jogar
    videogame,

dlin dlon.

abro a porta e é:

— *oi, tia.*

sem olhar na minha cara, depois o som alto na TV

de tiro

e de carro

freando, de boneco falando

em inglês e eu

lavando a louça, arrumando a casa, estendendo a
    roupa

no varal. já eles

apoiam o pé

nos móveis, nas colchas, em cima

das almofadas limpas. nunca imaginei que meus
    sábados fossem se transformar em dias

solitários, mais que segundas, dias longuíssimos,

intermináveis.

acabo que não falo

nada de bronca

falar

cansa,

ouvir então,

nem se fale. minha mãe me liga de tarde dizendo
    sempre a mesma coisa:

— *filha, tá tudo bem? tá precisando de*
algo? avise a gente. e venha nos visitar amanhã, estamos
    com saudade do lucas.
ele tá bem?
teu pai

tá mandando um beijo.

meus pais,
casados há mais de 30 anos e felizes por terem
    casado e estarem felizes.
acho bonito,
mas acho esquisito também,
o amor.
quando longo
é coisa de quem mente,
porque
se for pra ser sincera

meu filho

arrumou 1 Estilingue não sei onde.
da janela do quarto
o lucas e os amigos
bolaram um plano de matar
passarinhos,
eles gostam de ver
brutalmente interrompido
algo delicado que estava em
Movimento,

                         a pedra no céu

a pedra no estilingue

                 a pedra no corpo

o corpo
no chão e

                                 a pedra,

que já não interessa mais, cumpriu sua função de
ponte.
então os meninos desciam
correndo até embaixo do prédio pra caçar
os corpos, que nem sempre caíam onde eles
     calculavam, às vezes
longe
às vezes estranhamente perto já no primeiro degrau,

todos com sangue no meio das penas, sangue

    pequeno tamanho canário,

uma bolinha

de sangue era tudo o que o pássaro tinha

e bastava.

a bete,

ocupada com o almoço, pensava *que bom o lucas*

fora do quarto pelo menos um pouco.

depois da colheita

os meninos faziam um grande

Funeral,

ajeitavam os pássaros em caixas de bis, completavam

    os espaços com flores, convidavam pessoas,

não me convidavam.

fiquei sabendo porque 1 mulher no elevador me

    perguntou se por acaso eu era

a mãe do lucas,

eu disse que sim franzindo a testa.

ela me contou da matança em tom de ah, esses
    meninos, e a mão
na cintura.

fiquei em silêncio
olhando sem forças pra notícia saída da boca daquela
mulher.

o que eu estava criando,

um monstro?

que enterra
a morte prematura
num evento pra convidados que pensam *isso é coisa de*
    criança?

isso é tudo,

menos coisa de criança.
isso
é o lugar onde nasce
a dor.
isso é

tudo o que destrói a possibilidade de um mundo
    menos cruel,
com os mais fortes abusando dos
mais fracos e o pai do lucas
dentro dele
e o pai
do lucas
dentro de
mim.

perguntei pra bete se ela sabia.
ela disse sinceramente que:

— *não.*

chamei o lucas na sala.
arranquei seu fone
de ouvido, o escudo que ele usava
sempre que estava
comigo.
com a cara besta
típica
da idade,

ele me perguntou em tom hipócrita:

— *que foi?*

eu

dei um tapa

mais duro do que eu esperava

na cara

do menino que não voltou a me olhar nos

olhos,

a bete

de mão na boca.

+

AOS 37

dirigir pra longe com janela aberta é uma espécie de
     voo,
apesar das rodas, apesar do
chão.
eu estava precisando de um pouco de estrada,
havia anos que eu não dirigia,
não quis ônibus de novo e mais uma vez, fiz
     questão do carro
alugado
me levando pra onde minha cabeça estava,
no lucas quase um
homem, que me disse por telefone:

— *ouro preto parece uma cidade de praia sem mar.*

tomara.

morar com ele pelos anos que
moramos
era como viver com

um Estranho,

cheios de pudores nós 2 em nossos papos de café da
    manhã que quando muito
duravam minutos, sempre finalizados com um:

— *bom dia.*

murcho e ele
fechava a porta de casa, eu com o pingado na mão
    imaginando quem era o lucas depois da porta.
quando a bete morreu
ele ficou ainda mais calado, como se fosse possível, e
foi
logo cedo,
uma parada
cardíaca,
o corpo largo esperando ser encontrado, o lucas
encontrou.
estranhou a demora e o silêncio,
tinha a chave da casa dela, entrou, foi entrando
    quando viu a morte
na bete dura,
antes tão macia nos abraços e tardes de conversas
    que só eles sabem.

a bete

era o Elo,

chorei mais porque perdi nosso elo do que porque

　　perdi uma pessoa que eu conhecia.

o lucas chorou pelas duas coisas. aliás 3,

por amor também.

a criança que ele foi tinha vida nos olhos dela,

não nos meus.

a bete sempre ria das invenções dele, eu nem

　　imaginava que o lucas era

criativo, não na minha frente,

então ela

me contou um dia, depois que cheguei do trabalho:

— *o lucas disse que xixi tem cheiro de pipoca.*

e ria, os 2

Riam, eu tentava

rir mas

sabia

exatamente qual era o cheiro que xixi tinha

　　e dormia

cada dia mais

sozinha

achando cada dia mais

difícil conversar com o menino que meu filho tinha

se tornado sem mim.

quando foi época de escolher

faculdade,

ele fez questão de prestar fora de São Paulo, disse que

aqui na cidade andava tudo muito caído,

mas eu sabia,

não era por isso que ele queria partir.

quando passou na federal da

ex-

capital de Minas, que deixou de ser capital por

culpa da

geografia, as ladeiras

intermináveis

não facilitavam o progresso, então planejaram belo

horizonte e isso

foi o lucas que me contou

nas rápidas conversas que tivemos sobre sua ida,

a mala dele

ficou pronta

em meia hora

1 dia antes de partir.

na rodoviária demos tchau,

ele do ônibus

eu do chão

(em algum lugar esquisito estávamos aliviados por
    não precisarmos mais nos ver todos os dias.)

disfarçávamos,
não nos sentíamos confortáveis na situação
de mãe e filho que não morrem de amores
um pelo outro, então tentávamos
à nossa maneira
nos dar bem.
aquilo era um sábado.
começou segunda o curso de história, rasparam
o cabelo,
pintaram a cara dele com tinta,

ele estava gostando muito
inclusive da cidade, me disse por telefone que fez
uma grande

Amiga.

depois,
ficamos um tempo sem nos falar.
toda vez que eu ligava
outra pessoa atendia dizendo que ele não estava ou
ninguém atendia.
foram 2 meses
que viraram 5
que viraram 7
que viraram

11,

eu sem notícias, mas depositando
o dinheiro pra pagar a república e a comida.

até que numa quarta-feira à noite ele
me ligou.

quando ouvi o telefone
me permiti deixar
ao menos um pouco
o lucas na linha
querendo me dizer qualquer coisa menos
    importante do que o fato de não estarmos
    juntos, já que, na verdade, nunca estivemos.

atendi.

ele pediu desculpas pelo sumiço entre rindo e muito
    sério.
contou que estava
namorando uma pequena
muito louca
que gastou tudo o que ele tinha
e olha que o mês estava só começando.

— *dia 15 é feriado, mãe.*

ele sugeriu
que eu fosse lhe fazer
uma visita.

— *uma visita?*

repeti mais pra mim do que pra ele.

— *por que não? você nunca veio a ouro preto, acho que vai*
   gostar. aqui parece uma cidade de praia sem mar.

(respirei.)

— *é provável que dia 15*
eu trabalhe.
você entende, não é?

ele disse que entendia sim e
desligamos.

fazia quase 1 ano
que eu não via
aquele menino que quando me perguntavam quem
   era eu dizia:

— *é meu filho.*

incrédula.

como será que ele é depois desse tempo morando
    sem mim? eu
era a mesma sendo outra.
a rotina
também muda as pessoas, só que
mais devagar.
sem ele em casa
eu assistia muita TV
e comia menos,
minha comida não era tão boa quanto a da bete.
fora que cozinhar só pra mim
tinha qualquer coisa de
triste
às vezes eu preferia comer
na casa dos meus pais, que me diziam:

— *como você tá magra, filha.*

— *você precisa arrumar um marido.*

— *mulher que não se cuida é pior que homem.*

e isso
foi me fazendo

preferir dormir

em vez de comer

lá ou em qualquer outro lugar.

nos fins de semana eu ia ao mercado,

comprava doces,

depois comia assistindo os programas da tarde que

    falavam especialmente dos programas da noite,

    mas

e o Lucas? como Ele

estaria?

será que brigaríamos muito se nos víssemos?

talvez não brigássemos nada,

além do nosso silêncio de sempre, eu já estava

    acostumada,

mas não com essa coisa

brotando no peito parecida com

saudade só que menos,

era o feto

da saudade,

muito magro ainda, mas

com vida

e sem saber pra onde ir.

uma visita.

oras,

e por que não?

+

em ouro preto eu ficaria num hostel que reservei
    uma semana antes,
na república não tinha lugar
pra ser mãe com o lucas tão acompanhado de estar
    sozinho,
tampouco ele sabia
que no fundo eu tinha topado
fazer a tal
Visita
e estava a caminho, chegar de surpresa poderia ser
    um inconveniente.
era duro pensar
como o tempo passa num
passo,
ontem eu grávida, hoje ele um alto que já dormiu no
    meu colo, que já coube no meu corpo, agora
morando em outro estado também de mim. às vezes
eu penso que o lucas nunca esqueceu
aquele tapa,
ficou a marca no rosto dele

por dias e o que já era
longe em nós ficou ainda mais
inalcançável.

a estrada

pra Minas gerais
me engolia,

a cada curva um órgão a menos, chegando em Ouro
    Preto
eu-pó, e às vezes
penso
que nunca
vou esquecer a morte
daqueles pássaros
ou a noite do Pedro em casa.
quando corto um tomate
pra fazer o almoço
penso que o tomate sou eu,
a Faca
é o Pedro, já cortei meu dedo assim uma porção de
    vezes, com outras frutas também, mas o tomate
por ser vermelho

e ceder já no primeiro
corte,
principalmente.
às vezes
penso que só lembrarei dessas 2 coisas pro resto da
vida, a minha mão na cara do lucas, a mão do
Pedro na minha cara,
a cara do lucas e a cara do
Pedro, acima de qualquer
memória.

Buzinaram.

eu estava invadindo a faixa
da esquerda.
acenei do vidro pedindo desculpas
e segui imaginando o lucas como ele estava agora,
fora do contexto de casa,
com novos ares, novos
hábitos, aquilo
me deu medo
de um quase
paralismo.
se eu encontrasse com ele sem aviso

a chance

de eu não reconhecê-lo era grande.

se o cabelo estiver crescido, então.

se ele estiver de óculos.

de braço

com a namorada ou

com um amigo,

quem sabe vários

cabulando aula pra tomar cerveja.

bob dylan me cantava no carro

a loucura dos homens que não veem um palmo

à frente da

montanha, eu cantava junto,

baixinho,

não queria atrapalhar.

quando ainda morávamos juntos,

o lucas me perguntou do pai em detalhes, pela

primeira vez.

fiquei pálida.

durante a infância dele eu contava sempre a mesma

história:

você nasceu de uma noite, era verão.

que mais? tinha a lua

bem bonita no céu, não senti
medo.

então eu cantava pra ele
a música do
sabiá lá na gaiola fez um buraquinho
voou voou
voou voou
o menino que gostava tanto do bichinho
chorou chorou chorou
chorou
sabiá lá na gaiola fez um
buraquinho

e o lucas no meu colo, a cabeça no peito,

voou voou
voou voou
o menino que gostava tanto do bichinho

ele dormia antes
da música acabar.

depois de crescido esse nino era pouco pra acalmar
          seu coração sem pai, ele queria mais,

ficava me perguntando nas horas que eu estava
 desprevenida batendo um ovo, tomando banho.
 a pena de crescer é querer
entender tanto. o lucas precisava ter visto o seu luís
 fumando palha,
regando as plantas,
num silêncio de não perguntas e não respostas.
se eu contasse
a verdade,

seu pai foi um
namoradinho meu que eu
traí e que ficou tão puto com seu ego de macho que me
 arrombou as pregas com uma Faca no meu pescoço,
 o covarde,
me deu um chute
na barriga que ficou a marca e você nasceu,
9
meses
depois. foi a minha primeira vez, pensei seriamente em

aborto.

mas não tive Coragem

pra dizer

Estupro.

então eu disse:

fiz sexo.

e a minha família falou:

— se foi mulher pra fazer vai ser mulher pra criar.

seu pai
sumiu do mapa.
fugiu pra um tamanho de
longe que nunca mais
ninguém ouviu falar do nome dele. espero sinceramente que
       ele esteja
morto e que a morte
tenha lhe doído em detalhes, ainda que ele
esteja vivo,
porque uma morte metafísica pode ser ainda pior, então
eu desejo pra ele o pior, tenho rancor e te olhar
é

a coisa mais Difícil
porque você, lucas
é a cara do Pedro
tem o olho
do Pedro
a boca, o cabelo, o jeito de andar e te ver acordando, te ver
        passando por mim na cozinha
é reviver aquele maldito dia em segredo, diariamente,
com o fruto dentro
da minha casa sem saber.

eu não conseguia contar isso pro lucas,
não saía o som quando eu abria a boca pensando
        que agora seria uma boa hora pra contar.
a verdade
estava morta
de tão trancada que ficou por esses anos.
escrever eu consegui,
mas a carta eu
fiz morrer
numa casa com placa de aluga-se na rua mato dos
        santos. passava por ela a caminho do trabalho
        e minha vista grudava na velhice daquele lugar
        que já deve ter visto tanto com paredes, minha
        história seria só mais uma

pra casa guardar.

desci do ônibus com a carta no bolso.

joguei por debaixo do portão, o papel

estacionou no jardim.

se alguém encontrar

saberá da minha história

sem saber quem eu sou.

pro lucas eu inventei:

— éramos muito jovens.

seu pai não soube

que eu estava grávida, saiu da cidade pra fazer faculdade.

   tínhamos brigado feio, terminado tendo certeza que

   acabou.

depois que descobri você na barriga ninguém contou

   porque

ouvimos dizer que ele casou

e trabalhava na empresa do pai da noiva,

ninguém teve coragem de atrapalhar nem mesmo eu,

fiquei insegura,

ele podia não acreditar em mim e achar que o filho não era

   dele, já tinha passado tanto tempo.

até que um dia aconteceu um acidente terrível na estrada

   de sorocaba.

seu pai

estava num dos carros. não resistiu ao impacto da batida.

— como ele chamava, mãe?

— Pedro.

parei no posto, pra abastecer.

+

num canto perto da loja de conveniência
um imenso cão preto
ficou me olhando, cheguei a pensar que era um
    porco.
ele tinha nos olhos
as chagas do abandono, além de rombos
por todo o corpo, uns mais frescos
que outros.
apesar disso era um cão calado na dor que sentia e não
tão
triste para além da dor que tinha.
o frentista mal me olhou
quando eu disse saindo do carro:

— *enche o tanque.*

já com o cão
eu fiz um longo
contato visual. nada em mim parecia o assustar, nem
    nele.

nem os machucados, a careca, o tamanho de

urso.

eu tinha um lanche

no banco do carro, pra depois.

enquanto o sujeito me abastecia,

abri o papel-alumínio.

ofereci pro cão,

que veio com calma,

parecendo um velho

cavalo

a passeio.

— *não confia muito não, hein, dona.*

bicho é bicho.

lembrei da carla.

como será morrer pela boca de um cachorro?

será rápido? será

denso?

existe vida durante a mutilação ou já se morre de

    pronto só por saber que seu corpo ficará em

    pedaços?

flertei com a morte bruta,

se aquele bicho quisesse acabar comigo eu

estava pronta.

contrariando as minhas expectativas, ele
começou a comer o lanche com jeito de criança que
    tinha crescido demais.
senti o focinho me encostando a palma, a língua
    rápida e fina no movimento de
fome, a cabeça musculosa maior que a minha,
        o canino
uma lança que não me encostou.
ele comeu com pressa, não aquela pressa de quem
    não sabe desfrutar das minibelezas, e sim a de
    quem sente
a dor mais
urgente e ao acaso encontrou
uma cura possível.

sentei no chão encostada na roda.

de perto deu pra ver a cor
do olho
do cão,

era vinho do porto, líquido também, mas

não era cego, ele acompanhava

meus movimentos

feito um lince.

ajeitou as patas

altas

e deitou esparramado

do meu lado

com cara de quem sabia alguma coisa importante

mas

não conseguia me contar porque

a coisa

não era do tipo que cabe em palavras.

o posto

estava vazio

só com o moço que me abasteceu,

louco pelo fim

do expediente pra que ele pudesse voltar pra casa

tomar um banho,

jantar sozinho e dormir esperando o

quem sabe.

fiz carinho

na cabeça do cachorro e

foi tímido.

ele retribuiu fechando o olho

e manteve o olho fechado depois que acabei.
um animal daquele tamanho,
como ele veio parar aqui? precisa ser leve
pra ir tão
longe ou aquele lugar era longe pra mim
e casa pra ele.

— *seu nome vai ser Vento.*

eu disse,
e abri do carro
a porta
de trás.

o Vento entrou,
ocupando o banco inteiro.

paguei a gasolina sorrindo.

— *vai levar o bicho Mesmo, dona?* — o frentista
     perguntou.

fiz que sim com a cabeça.

+

de volta à estrada
eu ainda não sabia direito o que fazer.
dirigi atenta às placas

Retorno

São Paulo.

olhei o Vento pelo retrovisor:
ele caiu no sono,
deve ser o balanço do carro que
provavelmente ele nunca andou.
quantos machucados ele tinha no corpo
mais vinho do que preto, pelo sangue
seco. que bom que agora
a gente estava junto,
nunca mais ninguém vai te machucar,
quando ouvi um som
que logo percebi ser
de vômito,

parei no
acostamento.

— *calma, menino,*
é assim mesmo.
isso é falta de costume. vem aqui, Vento,
encosta aqui.

ele ficou criança do meu lado na beira da estrada.
peguei da mala uma toalha de banho e
limpei o banco,
o cheiro do vômito era
insuportável.
enrolei a toalha no porta-malas
borrifei meu perfume
pelo carro,
o Vento
não parou de espirrar.
éramos novos
naquilo de estarmos juntos
e ainda faltava bastante estrada
pra chegar

mas.

eu não precisava

chegar em lugar nenhum.

ninguém além de mim

estava me esperando em minas gerais.

tanto tempo sem ver o lucas e ninguém morreu.

além disso

existem as férias,

ele pode passar uma parte delas em casa se quiser,

é até melhor do que gastar com hostel agora,

e com o Vento cheio de

ânsia

a viagem vai ficar

impossível.

voltei pra estrada. li outra Placa

com a palavra

RETORNO

1 KM

800 M

500 M

300 M

barulho-curva

de pneu.

+

em são paulo

o Vento ganhou banho,

levou ponto,

tomou vacina.

o veterinário disse que foi corajoso

meu ato.

sorri sem jeito.

— *ele ficou até com cara de menino* — eu disse

passando a mão no pelo dele.

— *não ficou? mas olha,*

foi bom você ter falado nisso.

porque mesmo que não dê pra gente saber qual é a idade

exata dele,

dá pra saber que ele já é bem idoso.

— *claro* — respondi.

entendendo que o tempo

sempre leva

as nossas coisas preferidas no mundo

e nos esquece aqui

olhando pra vida

sem elas.

em casa eu disse pro Vento:

— *chegamos.*

ele me ouviu de lado

batendo o rabo

no vaso,

que espatifou no chão.

— *deixa isso pra lá, depois eu limpo.*

ele subiu no sofá,

se ajeitou como pôde naquilo que, com certeza,

era a melhor cama que ele já teve, os olhos

    derramando porto

mais que vinho.

— *não me importo* — eu disse pra ele — *que seja breve*

    o nosso encontro.

porque no tempo da minha

memória

somos pra sempre. não existe morrer dentro, é como uma

   canção.

as canções não morrem nunca porque elas moram dentro

   das pessoas que gostam delas. você conhece aquela da

   rua? se

essa rua

se essa rua fosse minha?

eu mandava, eu mandava ladrilhar

com pedrinhas, com pedrinhas de brilhante

para o meu

para o meu

Vento passar. nessa rua, nessa rua tem um bosque. que se

   chama, que se chama solidão.

dentro dele, dentro dele mora um

Vento

que roubou,

que roubou meu

coração.

ele dormiu,
exausto.

(apaguei a luz.)

fui pro quarto e fiz
o mesmo
apesar do buraco que senti quando
olhei o telefone lembrando do lucas.

+

AOS 48

procurei

no armário, em todos os

cantos, por onde anda aquele meu

sapato?, o interfone

toca, atendo:

— *já desço.*

o Vento enlouquece com esses barulhos, ele pensa

    que teremos visita e começa

a latir,

começa a

pular,

começa a abanar o rabo numa velocidade

    impressionante,

parece uma dança de boas-vindas para o

desconhecido, eu

aprendo.

— *ninguém vai subir, meu amor. se acalme. se agitar assim*

não te faz bem.

e nada, nadinha do sapato.

— *Vento, por acaso você comeu?*

(silêncio da parte dele e uns olhos.)

— *vou ficar de olho no seu cocô.*

ah, eu vou

com essa bota mesmo, na verdade

tanto faz,

é que quando eu ponho uma coisa na cabeça fico

    teimando comigo mesma e isso

vira um jogo que eu quero

ganhar.

desci o elevador ainda me ajeitando, eu estava

ansiosa disfarçada de

Não.

saí do prédio, o carro

cinza

à minha espera,

entrei no banco de trás.

disse:

— *oi, lucas,*
desculpe o atraso.

no banco da frente a Joana, noiva dele que eu não
  conhecia.

— *como vai?*
— *bem, e a senhora?*
— *senhora não, por favor, assim eu me sinto uma velha.*

o lucas tocou o carro pro restaurante.
a joana estava grávida de 6 meses, deu no exame que
  era
menino.
ser avó
me deixava com uma sensação ainda maior,
ainda pior
de que a morte
estava
cada vez mais
perto, pra todo mundo,
perto,
até para os recém-
-nascidos, ninguém está ficando mais novo. então
  eu escovo

meus dentes com força,

o gosto do luto

nasce na

boca. e na barriga,

quando o Vento dorme eu fico olhando pra barriga,

imaginando a minha

quando a dele

parar de subir e descer.

às vezes

a respiração do Vento atrasa um pouco,

é um susto, então

ela volta.

barriga pra cima,

barriga pra

baixo,

no meu nariz o cheiro da morte,

que claramente está

atrasada

ou esquecida

ou sem forças pra levar embora

um cão

daquele tamanho, deve ser por isso que os elefantes

    vivem muito, mas

e as tartarugas?

o veterinário já me disse:

— *é esquisito.*
— *talvez o senhor tenha errado a idade dele.*
— *é.*
talvez. mas não é comum um cachorro grande viver tanto.
— *mas doutor. e se ele*
não for um cachorro?

chegamos ao restaurante.
lá eu pude ver a joana em pé,
linda,
dando risada de
tudo, não era uma mulher de verdade.
é claro que o lucas caía, com aquele par de
seios, aquela juventude, ele não conseguia
enxergar as manchas. Aliás, com ela grávida ele não
    conseguia enxergar mais nada
além do filho e uma vida prazerosa ao lado da
    mulher.
eu sabia que estava ali por praxe. de vez em quando
    é preciso levar a velha mãe pra jantar ou algo
    assim.
o restaurante

era chique e tinha lagosta.

pedi a lagosta, justamente. fazia tanto tempo que eu
    não comia, a última vez que vi lagosta
foi no filme *noivo*
neurótico, noiva
nervosa.

— *como vai chamar o menino?*
— *ainda não sabemos. antes queremos ver a carinha dele*
    pra dar o nome, né, lu?

lu,
meu filho. eu dei o nome de
lucas
pra virar lu
na boca
da mulher que carregava dentro meu
neto
ainda sem nome. chamam isso de família, eu não
    tinha muito mais o que perguntar.
me disseram que iriam fazer o parto na Itália, os pais
    de joana moravam lá e dariam todo o suporte.
    Aliás, o filho
nascendo lá ele nasceria Italiano, o que aumentaria

as possibilidades de escolha dele inclusive
profissionais, eles falavam isso

Salivando.

o moleque não era nem nascido e já tinha gente
pensando
na
profissão dele. o trabalho é
tantas vezes
a maior tristeza da vida de uma pessoa e é só nisso
que certos pais pensam, no filho
crescendo e sendo alguém, sendo que esse ser
alguém envolve tudo menos Ser.

— *quando vocês vão?*
— *no fim do mês. se esperarmos mais tempo vai ficar*
desconfortável pra Joana viajar.

eles deram um selinho.

chegaram a minha lagosta e o macarrão de frutos do
mar deles 2, que pediram o mesmo prato.
por fora eu estava

elegante com bota preta. no íntimo

ficava pensando que me sentia

tão mais confortável com o Vento no sofá

do que com o meu filho e a sua nova mulher,

e a culpa

era especialmente da nova mulher. ao contrário de

  bete, o elo,

ela era

joana,

                                        o abismo.

— *vamos fazer o nosso casamento na Itália também, mãe,*
  algo pequeno, não sei se você consegue licença no
  trabalho pra ir. será por meados de setembro, a gente
  pode te ajudar na passagem.
— *nunca andei de avião.*

tocava jazz numa saleta do restaurante.

antes da sobremesa levantei:

— *quer dançar?*
— *vai, Lu.*

insistiu a joana, porque ele

estava fazendo que não com a cabeça. a sua resposta

    comigo era sempre não.

Dançamos.

ele pisou no meu pé algumas vezes

e isso deixou o corpo dele cada vez mais

rígido. era triste ter o Lucas tão perto

mas senti-lo

em outro país de mim.

— *não queria te perder.*

eu disse apoiando o rosto no ombro dele.

achei que ele não tivesse ouvido,

foi tão baixo, eu tinha dito pra mim primeiro.

— *é só pro bebê nascer e conhecer os pais da joana. depois*

    eu volto e também a gente já tá bastante acostumado a

    ficar longe um do outro.

por que esse apego agora?

— *eu errei de não ter me aproximado o tanto que eu*

    deveria quando você era menino e estava mais aberto.

— *a gente não precisa ter essa conversa agora.*

— *mas eu quero. deixa eu te falar. pra mim foi muito difícil*

    ter você, eu era uma menina e aconteceram coisas que

você não sabe, não imagina. seu pai

— *você já me contou isso, não precisa ficar repetindo.*

vamos voltar pra mesa.

ele voltou antes de mim.

fiquei no meio

de toda aquela gente perfumada dançando a

2.

senti que o chão

abria,

caí

sem pausa

nem grito.

Chega de tentar,

foi o que eu senti com aquela dança.

eu nunca

vou conseguir contar, no fundo

não devo querer.

ainda assim,

nada

justifica a minha ausência, se decidi ter o filho, então

eu devia ter vivido a minha decisão plenamente em

    vez de ficar procurando os restos

do Pedro

nos olhos do lucas, restos da noite

que eu não fui comer pizza e que eu devia

tanto

ter ido comer

a Pizza, restos do sonho de ser aeromoça

puxar mala

pelos aeroportos

e servir café pra quem voa comigo, servir um lanche,

    viajar o mundo, conhecer hotéis, fazer uma lista

    das ruas mais bonitas e depois mudar

a lista inteira

usar

todo dia a mesma roupa, explicar como não morrer

    caso aconteça do avião

cair, ou seja: ter fé

e calma, não deu

pra ser

nada

além de uma secretária mediana, também não fui
    mãe.
a Bete foi, por
anos. depois a Vida.
agora acho que a joana era mãe. e acho também
    que o lucas não precisa mais de mãe nenhuma,
nem eu do filho que
não matei.
pensei por 9 meses vou matar
mas

não matei.

+

voltei pra mesa.

fiquei calada pelo tempo que restou da noite,
    só balancei a cabeça que sim quando convinha
    e que não
quando necessário.
depois do jantar eles me deixaram em casa,
    não convidei ninguém pra subir, tampouco eles
    pediram.
quando abri a porta
o Vento veio com aquele jeito
imenso
me cumprimentar.

— *oi, meu garoto.*
Oi.

o rabo dele era tão
forte,
parecia um braço esbarrando nos vasos, derrubando
    as plantas.

tirei todas do meio,

pra evitar acidentes que só eu limpo.

o Vento parecia tanto

um menino,

mas eu sabia, não existiam mais meninos na rua da
minha casa.

torcia pra que minha vida com ele continuasse sendo
assim tão

leve

nas nossas

velocidades curtas, um dia passeamos juntos sem
coleira, o Vento e eu.

nos perdemos devagar pela cidade e não

nos importamos, porque

estávamos juntos

e desde que estamos juntos, parece que alguém
acelerou os relógios do mundo, penso que isso
é Amor.

pegamos um táxi de volta pra casa, a noite estava
morna,

parecia o natal

de uma família sem mortos.

foi melhor chegar em casa naquele dia do que hoje.
eu estava cansada nos 2,

mas o cansaço de lá

tinha a ver com pernas e patas que andaram mais

    do que aguentam e estavam felizes, exatamente

    por isso.

o daqui

tinha a ver com a fuga de uma vida.

eu me lembro do parto

que tive pro lucas nascer,

minhas pernas em

V

escancaradas.

Empurrei na maior força que pude,

barriga e bunda trabalhando juntas,

pensei que perderia

os dentes,

os cabelos, sim,

eu perdi

muito cabelo desde que o lucas

nasceu pesando quase 5

quilos, 1 saco

de arroz que dura o mês inteiro numa família
    grande.
a enfermeira veio trazer o menino
pra mamar.
eu tinha leite em mim
e um filho no peito, a cara
do homem que me fez
um filho pra nunca mais. jorrou
Leite
também dos meus
olhos.
hoje à noite
só água,
já que eu não era mais mãe e estava
decidido.
sentei no sofá olhando a parede,
na frente sempre a TV
e o Vento
no meu pé ocupando tudo.
me subiu uma angústia que saltou do taco, achei
    que era
mofo,
mas era a morte, antes, da mãe que nunca fui.

olhei minha casa ao redor.

eu detestava morar ali.

por isso me sentia um fantasma.

por isso que eu nunca estava, mesmo quando eu

    estava, a tv ligada

disfarçando

o tamanho do abismo entre

os cômodos.

aquela casa era um lar improvável com suas paredes

há tantos anos

sem ninguém pintar.

não tinha tapete, não tinha cheiro de

café,

uma casa empilhada no meio de tantas outras

    naquela rua feia que por várias noites a lua

    esquecia de passar.

aqui nada é meu,

igual a todos os outros lugares.

a rua era minha só na criança que fui.

de resto, que mundo

estrangeiro.

+

o lucas partiu pra Itália 10 dias depois do nosso
   jantar.
meu neto
nasceu pesando quase
3 quilos em parto
normal e se chama

Carlos Eduardo.

não gostei do nome.
muito longo pra ser de
criança
e ele passaria um bom tempo
sendo criança.

— *vocês já pensaram nisso?* — eu disse por telefone.
uma criança chamada Carlos Eduardo? que nome mais
   burocrático,
vai acabar virando cadu.
ninguém aguenta dizer tanto

pra chamar uma pessoa.

eu estava no viva-voz.
a joana
ouviu e não gostou, ficamos
1 mês sem nos falar, o lucas e eu.
1 mês
que virou meses
que virou
1 ano que virou
anos sem
ninguém ligar.
isso aconteceu,
descobri mais tarde,
porque Carlos Eduardo era o nome do pai da joana,
    foi por isso
que eles
ficaram tão chateados.

descobri mais tarde ainda que não era nada disso,

o problema mesmo foi a falta
também de amor.

+

AOS 49

— *é o maior cachorro que eu já vi na vida, dona, puta*
que o pariu.
o pai desse aí deve ter cruzado com uma égua, num é
possível. é por isso que a senhora tá mudando pruma
casa?
— *também.*

e quanta caixa
eu descia pelo elevador, os homens do caminhão
pegavam, o mais falador era o motorista,
ele ficava me perguntando cada uma, inclusive se
eu queria ir ao cinema no domingo. eu disse:

— *não.*

e pensava nas coisas empacotadas se mostrando
maiores do que quando estão expostas nos
móveis.
as coisas preferem ser fixas, por isso quando as
tiramos

dos lugares em que estão

elas se multiplicam, pra se vingar.

enquanto eu empacotava, desempacotava em mim

Memórias.

quando abri 1 caixa que estava

abandonada por pelo menos

20 anos no armário da lavanderia, dei de cara

com o deusinho

sem manjedoura, a dona rosa tinha me dado depois

    da morte do seu luís.

cheirei o menino

jesus.

lembrei dos meus pais

numa época boa em que os dias eram mais

longos porque dava tempo de brincar de tudo e os dias

eram curtos, já que um verão

passava mais rápido do que

8 horas na mesa de trabalho.

meu pai

mora no olho do deusinho,

minha mãe no bracinho gordo e sinto

muita falta mas não agora

que eles estão mortos, ou antes,

quando a gente mudou tanto o jeito de ver o mundo

que não cabíamos mais um no outro até o

ponto de não cabermos mais na mesma casa,

na mesma sala, no mesmo telefonema de

sábado à tarde.

a falta que sinto

é deles comigo criança, que não entendia nada de

morte e que segue na mulher que sou não

entendendo.

primeiro

morreu meu pai.

os homens morrem

10 anos antes das mulheres, eu li numa revista de

ciência.

dormindo, meu pai não acordou.

minha mãe sim e logo que abriu o olho sentiu o

gelo de defunto na cama, chamou a ambulância,

chamou a mim, chamou deus,

mas meu pai não voltou.

no enterro as pessoas beijavam o rosto da minha

mãe sentada

na cadeira ao lado

do caixão acumulando

pêsames.

foram tantos que

4 meses depois
minha mãe morreu também, os médicos disseram
    que foi do coração e
foi mesmo
muita tristeza
ficar tão sozinha.

— *casais juntos há muitos anos não conseguem seguir*
    vivendo quando a morte os separa — o padre disse
fazendo o sinal da cruz no caixão da minha mãe,
que foi enterrada ao lado do meu pai e muitos santos
no cemitério
cuidando de tudo.

de vez em quando eu vou até eles
e levo uma flor.

mas sinto que estou indo pro lugar errado,
sinto que os mortos não estão ali e as pessoas
    insistem que sim.
eu entendo,
todo mundo fica confuso com essa história de parar
    de existir.
olhando o deusinho

eu lembro

dos meus pais comigo pequena.

— *sabia, Vento,*

que quando eu tinha uns 8 anos eu só dormia depois

    de ganhar a bênção? era assim a bênção, meu pai

    sentava na cama e dizia, fazendo carinho na minha

    testa, a oração do santo anjo do senhor

meu zeloso guardador,

se a ti lhe confio

a piedade divina sempre me rege,

guarda,

governa e

ilumina,

amém. o amém era junto eu e ele.

e depois tinha um beijo

da minha mãe,

o beijo mais doce do mundo.

embrulhei o Deusinho em papel bolha e guardei na

    bolsa de mão.

antes

ele estava jogado

mas agora que eu o tinha encontrado era

diferente,

ele virou o barco de me levar até o melhor que eu

    sentia sobre meus pais e que também ficava

    guardado numa palavra chamada saudade.

na mesma caixa

encontrei uma redação

de escola.

num primeiro momento me pareceu inédita, não

    lembrei que era minha,

feito 1 foto

muito antiga que,

é você mesmo?

no portão.

com aquele shorts que já não existe mais

e aquele olhar que

muito menos.

+

A cura não existe

professora,

nem adianta me dizer que sim. as pessoas estão morrendo

   nas guerras, eu vi no filme forrest gump *que elas*

   perdem até as pernas

e ganham rodas nas cadeiras pra chegar em algum lugar

   ou tentar, mas elas também perdem as mães, as

   roupas, a vontade de viver, a casa onde moram.

o ano-novo delas é muito triste num bar cheio de gente.

elas rezam pra deus, mas ninguém sabe onde deus está

   e nem os mortos. eu sei.

minha mãe me contou quando a Carla morreu que o corpo

   fica na terra e a parte mais importante da pessoa

   morta fica no céu, apoiada na nuvem. por isso cada

   nuvem tem um desenho, são dos mortos-vivos que

   moram lá. eu acho que a da carla tem formato de

borboleta pra eu saber que é ela. mas não achei nenhuma

   assim, tem muita repetida de coelho e dragão, não sei

se existe uma regra para os desenhos nas nuvens.

mas sei que a cura mesmo

não existe.

porque curar alguém é deixar o mundo feliz inteirinho e o

mundo inteirinho é triste, triste, professora, que nem

a boca apagada de uma boneca que eu tinha e dei,

não estava mais aguentando

aquele rosto sem boca.

estou cinza

com a falta que a minha amiga me faz.

no dia a dia mesmo, sabe, professora? e também umas

outras coisas que eu acho que perdi. como um pátio

grande pra tomar lanche, tão grande que faz o sinal

de fim de intervalo soar como um:

— Mas já?

de tão legal que é estar ali. no colégio antigo era assim.

nesse eu nem saio da sala pra comer. eu como meu

lanche na mesa que estudo, estou sempre bem sozinha,

dá até pra tirar caca do nariz sem ninguém notar.

também perdi o deusinho do seu luís depois que a gente

brigou meio entre aspas, porque a gente não brigou

de gritar ou lutar. foi uma briga silenciosa e secreta

bem da minha parte, da do seu luís acho que Não, ele

186

é um homem de

deus.

também não sinto mais frio na barriga pra atravessar a

   rua.

atravesso normal e não sinto nada.

quase não sinto nada além de saudade, professora.

(barulho de mão

amassando o papel.)

+

minha casa nova

era a casa velha na rua mato dos santos,

liguei no número da placa e era verdade, bastava

pagar o aluguel em dia que não era alto,

ninguém queria

uma casa velha como aquela, a corretora me disse

por telefone,

só eu.

o ruim era

o motorista do caminhão,

fui no banco

da frente

com o Vento usando muito espaço nos deixando

bastante apertados.

trocando a marcha

inevitavelmente ele raspava

a mão na minha coxa e

falava da Bahia, da saudade de mainha e

de ver o mar.

eu tinha um ouvido no sujeito, pra não ser

mal-educada, e o outro

na minha casa

nova, sendo que o ouvido da mudança

era bem maior. ficava imaginando as coisas que eu

viveria lá, desde acordar cedo e passar o café,

até quem sabe

novos amigos entrando,

por que não mais 1 cachorro e também

a morte, já que eu morreria sem ranço na casa nova

de tanto que eu gostei

dela.

perdizes pela janela era um bairro de ladeira.

minhas canelas

atrasadas de menina

enfim engrossariam mesmo sendo tarde demais pro

amor, e muita árvore

espalhada pelo bairro,

a maioria grande cabendo uma casa,

eu gostava

das menores, o Vento de todas, fazendo sombra e

tendo tronco pra ele já estava bom.

Chegamos.

o portão cor de

barro nos recebeu abrindo antes da primeira virada
    de chave, o quintal era
só grama mas meu plano era ter uma horta,
quem sabe uma roseira.

(minha carta estava intacta no meio do jardim.)

a sala
ampla ainda pelada, o eco dos passos subiu as
    escadas,
3 quartos gigantes com ar
de séculos.
tirei folga no trabalho pra ajeitar tudo.
demorei pra ajeitar
porque a mudança era uma espécie de cura e tinha
    que ser
lenta pra invadir todos
os meus
poros, virando porta
aberta pra rua mato
dos santos, 462.
um banco no jardim foi presente do último morador
    dali, que não levou, deixou

pro próximo

sem saber quem seria o próximo e que bonito.

descarregamos caixa por

caixa, móveis

sendo colocados nos devidos lugares, cozinha

    virando

cheia

cama

cadeira

mesa com garrafa de água e copos plásticos. ainda

    assim, a casa parecia vazia de tão grande e bem

    maior que era do que o meu apartamento

    antigo.

agradeci à turma.

o motorista apertou minha mão dizendo um:

— *até breve.*

tão sincero.

engraçado ainda existir a possibilidade de alguém

    querendo me levar ao cinema.

agradeci ao motorista por isso

mas ele pensou que foi pelo trabalho.

Anoiteceu.

eu vi a lua
no céu como
nunca, gorda, baixa,
líquida.
chamei o Vento,

— *vem ver, meu amor.*

ele ficou em 2 patas
na janela e ficou maior do que eu.
ele era
maior do que eu em todos os sentidos, esse menino
    de idade nenhuma.
se a morte não tinha alcançado o Vento morando
    naquele apartamento cinza,
aqui
muito menos.
pro deusinho ainda na bolsa eu queria um lugar
    especial e achei. deixei no parapeito da janela
    da sala que mais dava
pra ver o céu,
espero que o Vento não o derrube,

se cair a resina vai morrer em tantos pedaços que o

    deusinho vai parecer ter sido maior. avisei:

— *Vento, cuidado aqui, tá?*

e ele tomou
o maior cuidado, jamais encostou a pata
no deusinho.
a casa
eu pintei de azul tranquilo.
dava pra ouvir os pássaros, beija-
-flores voavam na minha janela daquele jeito

    pousando e eu me assustava um pouco porque

    me lembravam borboletas,
conservo meu medo
de borboletas
pra carla não morrer em mim.
ser adulto por vezes não deixa a beleza das coisas

    entrar tão facilmente,
a gente começar a
desconfiar.
mas era bonita à beça, a casa nova,
de uma beleza suficiente pra me fazer respirar de

    novo não pela boca,

e o teto

parecendo uma cúpula

que logo na primeira noite comecei a chamar de

segundo céu.

+

AOS 50

o sol nascendo

é um espetáculo minúsculo de tempo, de beleza um

    mar que logo vira aquele céu de sempre mas o

    começo

do céu

da manhã, os primeiros raios com rastros de lua,

por eles é preciso estar de olhos

abertos, eles ensinam a coragem que eu nunca vi.

    guerras

mortes

latrocínios acontecem e o sol nascendo por cima de

    tudo, não importa ontem quem morreu.

a partir das 6 da manhã muda, vira escritório, rotina,

    banco,

muda também na gente, que ainda que coma da

    melhor comida

caga e mija

10 minutos depois.

com a janela do meu quarto parecendo porta

não preciso de

despertador, também não quis cortina.

era bem mais perto do trabalho a casa nova

e a vontade de não trabalhar também estava

cada vez mais perto de mim, que agora moro numa

    pequena mansão

velha e barata, além das

baratas

que o Vento

caçava e adorava comer, me mostrava antes

orgulhoso.

deitei meu nojo por amor,

vi nos olhos dele A Importância, então

eu elogiava e que alegria

ele ficava,

o rabo

rápido sorrindo sem dente, a barata se fingindo de

    morta

na língua, eles sumiam

por entre os cômodos, eu chamava:

— *Vento!*

e um eco,

ele demorava pra voltar

se perdia,

— *vê se não corre tanto, meu amor, não te faz bem*
(*em*)
(*em*)

a casa
tinha poucos móveis.
preferi assim,
os espaços respeitados, corredores largos feito país.
fui na loja de jardim e comprei mudas
de rosas que plantei no quintal de mato alto,
o cheiro me lembrava tanto
a casa do seu luís.
comprei um regador mas chovia
muito, a rua
é crua um pouco menos quando chove,
eu menina
fazia chover na vida das bonecas
com regador.
os fins de semana eu passava cuidando
das plantas, do Vento,
varrendo o quintal,
a casa e

demorava, pelo tamanho dos cômodos.

não me importava,

dançava com a vassoura e uma vez o cabo

me lembrou um encaixe que

eu gostei.

encostei num canto.

rocei de baixo

pra cima

até sentir as pernas

bambas, no peito

um vulcão.

(meu deus.)

eu estava viva,

ainda.

troquei a televisão por uma vitrola.

vendi e comprei, além de discos uma caixa de som

    tão antiga, o moço da loja me disse:

— *acho que não funciona.*

e foi só ligar na tomada que o som encheu a casa

até o

quintal.

a música

escorria pelas paredes,

eu jurava que via a música escorrer

mas pensei que estava ficando

sozinha demais e começava a inventar distrações
    mentais parecidas com loucura.

coloquei Nat King Cole

um dia

sentei no banco do ex-morador generoso

pra ouvir, o Vento sumido,

o vinil

do Nat no lado A com ele cantando em inglês.

no lado B,

espanhol.

o ouvido no inglês me distraiu tentando entender
    uma língua que não sei muito bem. se eu fosse
    aeromoça teria que saber pra conversar com os
    gringos,

estudaria muito

até que eles me dissessem:

— *are you from brazil?*

abismados.

ficou silêncio de fim de disco

só com o chiado

da agulha e eu

imersa tomando vinho de mercado mesmo, gelado

de geladeira, completamente fora da

temperatura ideal, mas

era um vinho, afinal de contas,

e era

domingo, as paredes azuis, o céu também.

foi então que Nat

começou a cantar

cachito,

cachito, cachito

mio

pedazo de cielo que dios me

dio

e minha vitrola

simplesmente não vira o disco sozinha.

fiquei pensando como

?,

corri até a sala pra ver se descobria e tudo normal

inclusive a atmosfera de domingo

à tarde.

humm. — pensei.

a casa nova era

esquisita,

eu já tinha reparado em alguns estalos
vindos da escada, que não era
de madeira.
a torneira da pia do banheiro
só fechava no encanamento do boxe,
às vezes pra direita às vezes pra esquerda, eu já tinha
       reparado, o deusinho parecia ter engordado,
e os azulejos da cozinha umedeciam no calor.
o mato do quintal ventava só pro mesmo lado
       e agora
o disco
que Esquisito
mais ainda o fato
de eu não sentir medo
nenhum.

+

AOS 52

todo sábado de manhã tem feira no quarteirão de
    trás da minha rua.

eu ia

a cada 15 dias, repor minha geladeira pra 2 e mais do
    que isso.

ir à Feira

me levava direto

pra infância

no ceagesp, meu pai

me colocava nos ombros pra eu ver todos

os caminhos de barracas que ainda tínhamos pra
    andar,

eu via de cima e contava, dava umas 20,

tinha recém-aprendido matemática com o material

dourado.

queria chegar logo na parte dos animais, eles
    vendiam coelho e peixinho.

um peixe

dentro do saco transparente era o meu maior desejo,

na barraca do lado

peixes mortos pra fritar no domingo, as pessoas
    perto de comida
ficam felizes de um jeito simples, somos
animais.
eu gostava tanto do ceagesp quando menina
que eu até tirava foto
no jardim de lá e mostrava na escola para os meus
    amigos dizendo que aquele era o jardim da
    minha casa.
eles me achavam rica.

— *caramba, um jardim desses.*

— *sim,*
uso helicóptero e esse
é o jardim da minha casa que cabe
1 feira.

não era
de todo mentira
já que eu me sentia em casa ali e sentir também é um
    jeito de dizer a verdade,
a parte do helicóptero eu assisti num filme.
adulta na feira
eu gostava de apalpar as Frutas

cada uma tinha um peso, um
cheiro, quando deixavam eu mordia a manga suja
    mesmo,
as cores amarelas do abacaxi e da
banana eram amarelas tão
outras, o vermelho
da maçã, o vermelho
do tomate me
assustava cada vez
menos,
todo mundo de carrinho ou de sacola na feira
    porque lá se quer mais do que os braços
    conseguem carregar, então
truques de carregamento são bem-vindos.
aqueles feirantes acordaram mais cedo do que o
    mundo inteiro,
acordaram ontem e estão de avental trabalhando
    até hoje.
estariam mais tristes se não fosse pelas
frutas que são
as flores de um lugar sem
flores, a barraca das rosas
hoje não veio.
a mão na carteira, a mão
na mão do feirante mais chegado, os chamados de

— *olha a couve!*

— *olha o chuchu!*

os preços escritos

em papel-jornal

a letra

era a mesma em todas as barracas, quem escrevia

    aquilo tinha padrão e não existe escola pra

    ensinar esse padrão.

a feira perto de casa

era no tempo de uma rua

mas a caminhada durava mais porque se parava

    muito. quantas horas eu estava ali?,

meu carrinho

tinha rodas que

quando comprei

eram transparentes, hoje pretas de tanto rodar e as

    kombis

abertas

esperando: eu comia pastel.

queijo ou carne,

não variava mais do que isso e quando chegava em

    casa

não sentia fome.

tomando cana conversei com uma velha amiga,
   a marta. ela tem 78 anos e nunca deixou de
   fazer feira. me disse que o dia que deixasse,
ela
estaria morta. queria ser assim, também.

achei a marta de uma coragem

e voltei pra casa pensando em ruga, o carrinho
   cheio, o sol.

quase chegando eu vi

a Bagunça

uma confusão de gente e moto um pouco mais
   à frente do meu portão, que estava aberto.

fui chegando mais

perto

mais

perto quando

vi

1 rabo

troncudo daquele jeito só podia ser

o Vento?

meu corpo foi ficando um

Chumbo

foi ficando um

túmulo de andar e quando o Vento percebeu que era

eu

o rabo dele

balançou tão forte quanto sempre mas o corpo

Imenso

estava grudado

no asfalto

feito borracha de

pneu.

soltei o meu

pior

grito

que não saiu

pela boca

saiu pelo cu

e o rabo do Vento

parou.

+

chorei aberta

pra sair a

dor,

sorriso eu não sabia mais em que lugar que ele

ficava no corpo.

não dei beijo

no Vento

antes dele morrer.

dei depois mas depois não adianta. também de

manhã antes de ir pra feira

eu não

disse nada de

tchau, ele estava dormindo tão

doce

não quis acordar e o tempo

não volta.

fiquei sem comer.

o telefone

eu cortei da tomada, a vitrola

nunca mais deu um pio.

deixei de tomar banho,

a casa

cheirava a merda, que eu não ia ao banheiro

cagava

ali

mesmo

ao lado do

sofá, que virou minha casa inteira e também meu

   abraço, o cheiro do Vento

ainda no couro.

o passar das horas

se tornou

insuportável.

no relógio da cozinha acabou a pilha e esse foi o

   único pedaço de alívio que senti,

a casa

em Silêncio profundo.

fiquei vivendo de ar

vomitando de

fome.

as baratas

ao lado do sofá

pareciam querer

saber

o que tinha acontecido com o amigo.

eu disse:

— *um carro matou*
o Vento, que
não era daqui.
um animal
de idade nenhuma,
do tamanho de um cavalo criança, tão acostumado com o
    nosso sossego, o nosso
amor.

me alaguei no choro,
meu sofá o barco,
meu tapete o rio.
o jesus eu taquei da janela,
quebrou no quintal como se fosse
escultura,
na verdade
era um bibelô de deus, que deixa acontecer
    qualquer coisa no planeta terra e assiste.
se eu decidir matar bebês com faca e fizer um plano
    bom ou se
for rápida
eu mato

o tanto de bebês que couber no tempo antes de

    alguém me apunhalar pelas costas, o homem faz

alguma coisa, alguns homens fazem algumas coisas,

agora deus e todos os deuses

apenas assistem

o Vento

morrer sem

corpo, não teve enterro porque

não tinha corpo,

— *só rabo* — o veterinário me disse

com calma,

logo o Vento, daquele tamanho,

morrer virando

adubo de asfalto

que F rio.

+

ela caiu no sono.

vomitou dormindo
e não acordou.
sonhava de novo com
a chegada
pra ver o Vento morto,
só que dessa vez ele não estava morto,
o portão
não estava aberto, no sonho
o Vento estava em casa esperando e isso a deixou
    tão feliz que ela não acordou, não pôde,
nem o golfo conseguiu e então
nunca mais.
a morte de engasgo foi muito feia, só a boca
    trabalhou e um pouco da barriga.
os olhos fechados
estavam no sonho do Vento não morto, o corpo
    todo estava no sonho mas
1 parte do peito

estava no lucas e no carlos

eduardo.

no entanto

eles estavam vivos, ela sabia que sim, e não ver

    alguém nunca mais por questões emocionais

doía menos do que

não ver alguém porque a pessoa deixou

de existir.

o corpo dela foi encontrado por causa dos vizinhos

que estavam reclamando do cheiro fortíssimo da

    casa 462,

a polícia foi verificar.

quando recebeu a notícia da morte no escritório,

    o Chefe

ficou visivelmente abalado

pensava que o sumiço dela

tinha a ver com

desistir

daquele trabalho antigo

pra quem sabe tentar ser aeromoça, como uma vez

    ela tinha dito que

queria

da vida Nunca,

da vida não tinha passado pela cabeça dele,

que chorou

compulsivamente, as pessoas no escritório acharam
um

exagero.

de resto

a cidade seguiu seu curso,

nem parecia

que alguém tinha morrido,

até porque todos os dias alguém morre sem
ninguém saber.

as plantas do quintal

morreram também, demoraram mais porque aquele
era um mês de chuva.

quando o clima secou elas

cederam, foi bom,

vivas elas se sentiam muito sós. a Carta

tinha morrido anos antes, picotada no lixo, que
virou reciclado de leite longa vida e muita
gente bebeu.

os móveis
morreram de
cupim. as baratas
fizeram uma longa viagem pra:

— *Praga.*

algumas
morreram no caminho.
os tapetes
endureceram. a vitrola e os discos
perderam a boca.
só a casa se manteve Viva e o proprietário nunca
 mais conseguiu alugar,
além de velha, morreu gente lá e deu no jornal.
a casa ficou tão lápide
que mesmo depois de 50 anos
quando tentaram demoli-la pra construir um prédio
 importante
não conseguiram.
Explosões,
guindastes e nem 1 tijolo
se mexeu.
as pessoas sentiram Medo e

deixaram a casa em paz.

200 anos depois

com a vista tão

futurista

era estranho ainda ter aquela casa na rua,

    as pessoas achavam

esquisito.

tentaram demolir com métodos supersônicos

pra construir o que nem sei imaginar de tão futuro

    que era.

sei só que de novo

não conseguiram e

não conseguiriam nunca,

aquela casa estava disposta

a ser a última

do mundo

e quando se quer muito alguma coisa,

bingo.

+

PÓSTUMO

eventualmente o lucas foi avisado da morte da mãe,
    ligação
internacional.
a polícia contou o que sabia e não era muito,
se o lucas
chorou não foi perto de Carlos Eduardo, com quase
    6 anos louco pra aprender a ler,
tampouco perto do sogro, que confiava tanto
nele.
a Joana
pôs a mão nas costas do marido quando percebeu
    que o telefonema era definitivo e depois
um abraço, esse foi o máximo que os 2 conversaram
    sobre a morte.
no ano seguinte
o lucas
veio pra são paulo resolver alguns
pepinos da empresa
do sogro com clientes no brasil.
aproveitou e foi ao cemitério ver a mãe, que não
    estava lá, era pedra com data

de nascimento e morte,

além da frase *a cura*

não existe

escrita como epitáfio que

cobria o buraco

guardador de

caixão.

parecia mentira que a sua Mãe pra sempre

não estava mais

viva

quando um homem chegou

de buquê.

disse bom dia,

o lucas respondeu:

— *bom dia.*

e ficou com vontade de perguntar

quem era.

À minha família, por todo o apoio. Ao Marcelino Freire, pela chama. Às leituras de Lucimar Bello Frange, Tiago Juliani e Débora Gil Pantaleão. À amizade e parceria de Juliana Soares Ferreira. Ao Joca e seu Empurrão.

Uma oficina literária com Aline Bei

Marcelino Freire[1]

ESCREVER É ENLOUQUECER A LINGUAGEM

Lição apreendida com Clarice Lispector. Com Graciliano Ramos fica dito: estilo se compra em shopping. A gente não tem estilo. O que a gente tem é um jeito. De escrever. De andar na rua. Perambular. Toda arte é a arte de escutar. Já diz a escritora argentina Hebe Uhart. Quer ver? Escuta. É o que fala a poesia do mestre Francisco Alvim. A palavra mínima. Ínfima, de Manoel de Barros. Quando passa do ponto, enxuga-se. Ana Maria Gonçalves é quem nos ensina a pulsação de um texto. Não importa se em mil páginas ou numa micro-história. Bora embora. Encontre a sua onda. Aconselhou o mestre das errâncias João Gilberto Noll. Escrever é a arte de perder. Esta Drummond quem alertou. E alertaram as pedras. Quantos obstáculos pelo caminho. A luta mais vã. Tudo isso para dizer o que aprendi e apreendo com Aline Bei. Desde que ela chegou em minha oficina literária no ano de 2016.

---

1. Marcelino Freire é escritor. Autor dos romances *Nossos ossos* (Record, 2013) e *Escalavra* (Amarcord, 2024), entre outros livros. É também conhecido por suas oficinas de literatura, que podem ser acompanhadas pelo site da Balada Literária.

O TEMPO PASSA NOS RELÓGIOS QUEBRADOS

Não sou muito bom de data. Não sei se aos oito ou aos 52 anos. Sei que o olhar de Aline Bei tem um fogo antigo. Quando a vi pela primeira vez era um sorriso de entusiasmo. Era uma febre. No bom sentido: algo que sinalizava seu estado de ebulição. O lugar do encontro foi no centro cultural b_arco, no bairro de Pinheiros, em São Paulo. Um espaço que já foi abaixo e virou prédio. Era lá que aconteciam as minhas oficinas de literatura. Aline era uma das criadoras do site Oitava Arte. Convidou-me para uma entrevista para falar sobre o meu processo criativo e minha trajetória. Aos nove, por exemplo, quando criança, descobri a poesia. Passar pela minha vida até chegar àquela idade que eu tinha, quando eu juntava no b_arco turmas para me ouvirem dizer: Afugentem o sistema literário. Escrevam com palavras que vocês conseguem vestir e sair com elas à rua. Pés no chão. Porra! A poesia não mora na calçada da lua.

A PRÓXIMA REVOLUÇÃO TAMBÉM SERÁ POÉTICA

Eu conhecia os textos de Aline lá do site. Já eram alquebrados. Já havia ali espaços siderais. A fé na frase. Um zigue-zague coronário. Tubulação cardíaca. Uma frequência que raramente se via na internet. Mesmo o meu perfil feito por ela, oriundo da entre-

vista, quando saiu veio assim: de ossos desconjunta-
dos. Tanto ritmo que as lacunas preenchiam. Um sa-
lão percussivo. Cheio de silêncios. Eu sempre digo:
Escrever é entrar numa sala de espelhos. Os raios de
nossa imagem refletida. Em pedaços. Aos atropelos.
Os cacos de uma memória. Era bem isso. Aline Bei
nos deu poesia em sua prosa. Sabe ela desde sempre:
toda palavra sai da área fechada para a área aberta.
Concerto conserta-se ao ar livre. Tem os próprios ven-
tos. Saem derrubando tudo. Há quem diga quando
chega em meu curso: Não gosto de poesia. Então o
que veio fazer na minha oficina viva?

PROCURE SEU ESTILO NO QUE VOCÊ TEM DE PIOR

Causa mal-estar um texto que nos desorganiza.
Não é bom perder o eixo. Cadê o ponto-final que estava aqui? Escafedeu-se? Pode-se desenhar em vez
de sentenciar? A boa palavra é má. As boas intenções
não dão bons livros. Dá preguiça pensar. A pergunta
que mais tenho de responder: Posso fazer isso? Não
pode. Eu digo de propósito. Não deve, respondo. E a
pessoa fecha a cara. Desaprova o que não queria escutar. Oficina não é quartel-general. Cadê o Carna-
val? Aline Bei causava essa revolução. Entre parcei-
ros e parceiras de escrita. Assustados e assustadas com
as margens aprofundadas das linhas desalinhadas.
Uma palavra que ficava sozinha em rebeldia às irmãs
todas juntinhas. Em família. Ô, coisa mais chata é o

agrupamento. É a viagem de escola. Em direção a acampamentos militares. Ora, assim não é viagem. Assim não se viaja. O segredo é inventurar-se. Misturar invenção com aventura. A linguagem de Aline Bei para alguns (até hoje) não é bem-vinda. Preconceito. Um crime. Nas mentes bem-comportadas, um verdadeiro acinte.

CADA PÁGINA UMA PORTA PARA O INFERNO

Na primeira oficina que fez comigo, Aline trouxe as narrativas que escrevia no Oitava Arte. E o nosso trabalho conjunto era fechar um original. Buscar uma unidade. Sua linguagem fragmentada precisava de uma liga. Assim: um cuspe que se põe num selo. Assim: um nó no peito. Mas não para fechar nada em si. Não para ensimesmar o que se tem. Para lançar, além. Em endereço incerto. Constrói-se o organismo de um livro a fim de criar uma caverna. Onde vão morar os sons. E os bichos vão visitar. Um lugar aberto e em movimento. Pensado para ser chão. Teto. E abrigo. Creio nisto: um livro que o leitor ou a leitora escolhe para morar. Com a porta permanentemente aberta para quem quiser chegar. O inferno é assim. Ninguém abre nem fecha o inferno. Sempre escancarado. Ficamos eu e ela nesse trabalho e, ao fim do curso, ainda havia pendências. O livro não encontrava um título. O conjunto de contos ainda estava inacabado. Explico: havia a escritora, já, mas não o livro. Sem saber fizemos um pacto. Você então volta no próximo período.

TEM GENTE QUE QUER CHEGAR LÁ
SEM PASSAR POR AQUI

Aline Bei voltou à oficina no b_arco e dessa vez como monitora da turma. A melhor monitora. Fazia relatórios dos exercícios, organizava a vinda de convidados e convidadas, orientava quem faltava, me lembrava das tarefas. Se a missão era aquela, pensava ela, que fosse feita com o mesmo empenho com que tratava seu repertório, com que afinava seus instrumentos no dia a dia. Mãos à obra. Daí é quando ela revela: começou a escrever um romance. E gostaria de mostrar o primeiro capítulo em sala. Parte já conhecia Aline do outro semestre. Havia uma torcida para que o livro dela ficasse de pé. É um *Pássaro*, falou. Como? Intitulou: *O peso do pássaro morto*. Belo e impactante batismo. Como eu faço para dar nome a um livro? Sempre querem saber. Devo dizer: Faça uma lista de dez títulos para escolher o décimo primeiro. De cara, o *Pássaro* foi acolhido. Os nossos olhos acesos. Aconteceu algo. Chegou ela, Aline ali, a uma estrutura que ajudaria sua linguagem despedaçada. O "romance" seria, de fato, o gênero capaz de fazer a perfeita amarração. Não eram mais contos. Era uma história, inédita, que acompanharíamos aos poucos, durante a oficina. Ou seja: o voo da escrita de Aline, que nos contos faria várias aterrissagens, agora era planagem solo. Em única partitura. Uma composição camerística, digamos. A saber: assim, quando se sonha, durante a noite inteira, feito de vários estilhaços de sonho, um único sonho.

PALAVRA-RAIZ NINGUÉM ARRANCA

Poesia não vende. Disse para Aline a primeira grande editora que se interessou em ler seu original. Publicaria, até, o livro dela. Desde que Aline refizesse a diagramação. Colocasse o texto em parágrafos parados, normais. O leitor vai pensar que é poesia, entende? E ninguém gosta de poesia. Etc. e tais. Ave nossa! Eu já sabia a resposta de Aline. Era como se pedisse para ela deixar a alma fora da palavra. Que voltasse à gaiola da literatura regrada. Quadrada, sisuda. Nunca. Neca. E a espera foi grande. O livro tão redondo já em sua visão cósmica. Gravitando. Quantos anos-luz teríamos de aguardar? Haja silêncio. Lembro: de quando em quando eu provoco em meus cursos um tipo de "concurso". Não gosto de chamar assim, mas sigamos. Uma "prática" de apresentação de originais. Carol Rodrigues participou de um chamamento assim e ganhou com os contos de *Sem vista para o mar*. O livro foi lançado em 2015 pelo meu selo Edith e com ele Carol venceu o prêmio Jabuti e o prêmio da Biblioteca Nacional. Pois bem: as três turmas do b_arco foram provocadas a apresentar seus trabalhos. Dez originais, dos quase quarenta inscritos, foram escolhidos em votação presencial pelos outros e pelas outras participantes. *O peso do pássaro morto* estava entre os finalistas. As dez obras seriam apresentadas a um júri de escritores e escritoras. Ao vivo. Só um livro seria publicado. Cenas para o próximo capítulo.

"NÓS É PONTE E ATRAVESSA QUALQUER RIO"

Esse verso é do saudoso amigo e poeta Marco Pezão. Um dos criadores do Sarau da Cooperifa, a Cooperativa Cultural da Periferia, na Vila Piraporinha, em São Paulo. Mas eu já disse para Simone Paulino: É também, de alguma forma, o grito de sua editora, a Nós. Simone começou a história da Nós com a antologia *Eu sou favela*. Ela, filha de nordestinos. Criada na periferia. Atenta à produção, sobretudo de mulheres, na literatura brasileira. Convidei Simone, parceira e também escritora, para ser uma das juradas do "concurso" da oficina. Ao lado dela estavam, entre outros nomes, Fernando Bonassi, Paula Fábrio e Micheliny Verunschk. Ao fim das apresentações, Simone foi logo dizendo: Se o *Pássaro* não for escolhido, eu mesma publico. O júri todo já estava abraçado com o *Pássaro* na mão. Havia uma discussão sobre o gênero conto, que tinha um original bem bom, *São Bernardo Sitiada*, escrito por Paulo Junior. Conto ninguém publica, dizia um dos jurados. Mas havia o romance de Aline, ora, que foi confundido com poesia. E romance assim tem editora que vira a cara e não publica. Só a Nós. E Simone a ponte. Então fiquemos com os dois livros. Um pela Nós, o outro, do Paulo Junior, eu publicaria pela Edith (o livro dele também acabou sendo lançado pela Simone). Dito e feito. O resultado foi anunciado naquela mesma tarde. Agora todo o resto vocês, leitores e leitoras, já sabem.

COMO FAÇO PARA O JORNAL FALAR DE MIM?

Sempre me perguntam. Aí eu respondo: Cubra um cadáver com o teu livro. Ora. Jornal pelo menos serve para cobrir morto. E o livro? Tem de encontrar o seu papel. Aline Bei não abandonou seu *Pássaro*. Não o deixou desfalecido, sem asas para voar. Digo sempre, brincando, que Aline Bei foi quem criou o algoritmo. Com o livro finalmente publicado pela Nós, ela partiu para a luta. Enviava, no comecinho do Instagram, mensagem para quem ela julgava leitor ou leitora potencial de seu trabalho. A ideia era: se fulana curtiu o lançamento de sicrana, então fulana vai gostar de saber da minha prosa. Escrevia para os contatos por mensagem direta. E assim ia fazendo uma rede de apoio mútuo. Esse *Pássaro* não pode morrer. E não morria. As edições não paravam de vender. Várias novas tiragens. Sucesso imediato. Não só pela estratégia, mas sobretudo, creio, pela emoção que o livro causa(va). A gente reaprendeu a gostar com o coração.

Esmiuço: o livro tem a força de nos emocionar. Igualmente já falei para Itamar Vieira Junior: O segredo do sucesso de seu clássico *Torto arado* está na emoção. Sério. Também é emoção o que nos dá *O avesso da pele*, de Jeferson Tenório. E tantas outras autorias boas à flor do verbo. A própria Micheliny Verunschk, que fez parte do júri e que assinou a orelha da estreia do *Pássaro*, é um exemplo. Aliás, foi ela quem falou: Aline nos entrega "densidade e leveza", uma prosa que é "simultaneamente claridade de vidro e ponta aguda de faca". Eis a nossa sensibilidade ressuscitada. Para quem se mete a escrever, a nossa palavrarma.

SE POESIA NÃO VENDE É PORQUE NÃO SE VENDE

O livro de Aline Bei, depois de passar pelas mãos certeiras de Simone Paulino, pousa agora em nova versão pela Companhia das Letras. O romance vendeu milhares de exemplares. Foi traduzido. Gerou uma adaptação teatral de fôlego com a luminosa atriz Helena Cerello. Ganhou em 2018 o prêmio São Paulo de Literatura. Em breve será levado às telas de cinema. Salve e salve. Eta, danado! Mas ainda assim, aqui, você pode querer saber, pode se perguntar: Do que afinal trata *O peso do pássaro morto*? Do que fala? Em sala, às vezes alguém se angustia. E indaga: Será que eu terei de deixar explícito o meu enredo? Como botar no papel o que eu preciso contar? Tantas perguntas. Vão se embaraçando nas muitas oficinas, intituladas

Toca Literária, que até hoje eu venho tocando. *O que eu faço com o que ando fazendo?* Tento dizer, sem querer estar certo: Faça. Escreva. Um livro é uma entrega espiritual. Perceba. Depois do livro pronto, o que a gente entrega na mão do leitor, da leitora, é o mistério. Clarice só é Clarice porque é mistério. Mariana Salomão Carrara, Adrienne Myrtes, Sheyla Smanioto, Jéssica Balbino, Andréa del Fuego, Luciany Aparecida, Morgana Kretzmann, Jarid Arraes, Isabella de Andrade, Andressa Marques, Tatiana Lazzarotto, Júlia da Silva Moreira, Calila das Mercês... Quem mais vier trará consigo o seu mistério. A maneira que cada um e cada uma tem de compor um universo. Próprio. Levantar um castelo embaixo de um viaduto. Escrever é por aí. E ler também. A gente entra num livro sem saber de nada para querer saber. Como quem se joga numa floresta. Não sabemos tudo o que existe na selva. Mas atravessamos. Do outro lado do mato saímos com um espinho no pé, uma flor no cabelo, um corte no joelho. O cheiro de uma folha. A lembrança de um banho ao sol, de riacho. O livro de estreia de Aline Bei é isso. Seguimos comovidos e comovidas com o fluxo da história solitária de uma mulher, da infância à maturidade. E tudo em sua vida nos invade tão plenamente que, em alguma parte de nosso corpo, somos aquela criança e aquela mulher. Fazemos parte daquelas mortes. Sofremos aquelas impossibilidades. Depois de ler, somos outros, somos outras. Abertos e abertas ficamos para novos espaços de conquista. Depois de *O peso do pássaro morto*, Aline publicou em 2021 *Pequena coreografia do adeus*. Continuou (e continuará) a enlouquecer as palavras. Escrever é voar fora da asa. Já dizia a poesia de Manoel de Barros. De fato, poesia nunca se vende. Nem se rende. Anote mais esta mensagem: Mudar a paisagem com a nossa linguagem.

ESTA OBRA FOI COMPOSTA PELO ACQUA ESTÚDIO EM MERIDIEN
E IMPRESSA EM OFSETE PELA LIS GRÁFICA SOBRE PAPEL PÓLEN NATURAL
DA SUZANO S.A. PARA A EDITORA SCHWARCZ EM MAIO DE 2025

A marca FSC® é a garantia de que a madeira utilizada na fabricação do papel deste livro provém de florestas que foram gerenciadas de maneira ambientalmente correta, socialmente justa e economicamente viável, além de outras fontes de origem controlada.